Jorge Luis
Borges
María Esther
Vázquez

Introducción a la literatura inglesa

英国文学入门

[阿根廷] 豪尔赫·路易斯·博尔赫斯　玛丽亚·埃丝特·巴斯克斯 著

温晓静 译

上海译文出版社

目 录

前　　言

　　英国文学是世界上最丰富多彩的国家文学之一，而以如此简略的篇幅来简要并完整地展现英国文学完全是不可能的事情。于是，我们有三个不太完美的解决办法。一是略去作家作品的名字不讲，仅仅展现英国文学的大致发展脉络。二是详细列举从八世纪至今的所有作家作品名字和出版年代。三是介绍每个时期最具代表性的作家作品。我们采用的是第三种方式。诺瓦利斯曾说过，每个英国人都是一个独立的岛屿。这种独立的特点给我们这部导论的编撰增加了难度。因为和法国文学不同，英国文学不是由众多的流派而是由一个个独立的个体组成的。这是它最显著的特点。所以，本书难免有诸多遗漏之处，但这并不一定表示我们轻视、忘记或不知道这些被遗漏的作家或作品。

我们的初衷是激起读者对英国文学的兴趣，并促使读者对它进行更深入的研究。

我们在参考书目中列出的书均是读者最容易获取的参考资料。

豪尔赫·路易斯·博尔赫斯

玛丽亚·埃丝特·巴斯克斯

一九六五年四月十九日于布宜诺斯艾利斯

盎格鲁-撒克逊时期

中世纪时期的欧洲，在拉丁语文学体系之外，又诞生了欧洲各国的本土文学。在这些文学当中，英国文学是最古老的。更确切地说，英国文学起源于公元七世纪末或八世纪初，而在欧洲其他各国出现的本土文学均未早于这一时期。

不列颠诸岛曾是罗马帝国的殖民地，它是位于帝国最北部也是最不受庇护的一块殖民地。其土著居民是凯尔特人。公元五世纪中期，英国人信仰基督教，并且在城市中人们用拉丁语交流。此后罗马政权瓦解。公元四四九年（根据比德的纪年法），古罗马军队撤离不列颠诸岛。于是，居住于哈德良长城以北（大致相当于英格兰和苏格兰边境地区）的部分凯尔特人，也就是此前从未被罗马帝国统治过的皮克特人趁机入侵不列颠，不列颠境内战火连连。与此同时，不列颠的西部和南部海岸遭受着从丹麦、荷兰和莱茵河口起航而来的日耳曼海盗的掠夺和侵扰。不列颠王沃蒂根认为日耳曼人可以帮助他抵御凯尔特人，于是，按照那个时代的习惯，他向雇佣军寻求帮助。来自日德兰半岛的亨吉斯特和霍萨是最早一批来到不列颠的雇佣军。之后，其他的日耳曼人——撒克逊人、弗里斯兰人、盎格鲁人——陆续来到此地，而英格兰（古英语 Engla-land，现代英语 England，即盎格鲁人之地）也正是因为盎格鲁人而得名。

日耳曼雇佣军最终打败了皮克特人，但是他们却和海盗结为了盟友。其实早在一个世纪前，日耳曼雇佣军就已经征服了不列颠，并建立起了若干独立的小王国。那些没在日耳曼人征服中丧命以及没有沦为奴隶的不列颠人逃到威尔士山区或者法国的布列塔尼地区寻求庇护。布列塔尼半岛正是因此而得名，而威尔士的山区至今还居住着凯尔特人的后代。日耳曼人抢劫并纵火焚烧了教堂。但很奇怪的是，他们并没有在城市中定居下来，或许因为城市对他们来说情况太复杂，或许因为他们惧怕城市中的鬼魂。

说入侵者是日耳曼人，就是说入侵者属于塔西佗在公元一世纪时在其作品中所描述的那个民族，这个民族没有达到或没有向往政治上的统一，但却有着相似的风俗传统、神话体系和语言。盎格鲁-撒克逊人来自北海或波罗的海，他们的语言介于西日耳曼语——也就是古高地德语——和斯堪的纳维亚方言之间。跟德语或瑞典语一样，盎格鲁-撒克逊语，或者说是古英语（两者其实是同义词），在语法上分为三个性，名词和形容词必须要性数一致，并且复合词众多。其最后一个特点对英国诗歌造成了很大影响。

　　在世界各国的文学中，诗歌都是先于散文出现的。盎格鲁-撒克逊诗歌没有韵脚，诗句的音节数也不是固定的；每行诗的重音都落在以同一个发音开头的三个单词上，这种手法被称为头韵法。举个例子：

wael spere windan on tha wikingas[1]

　　史诗的题材都大同小异，而这类诗歌中关键的字词并不

1　将毁灭之矛投向维京人。——原注

都以同一个发音开头，所以诗人必须借助复合词来完成头韵。随着时间的推移，诗人们发现很多词其实可以通过比喻来表达，例如，用"鲸之路"或"天鹅之路"来代指"海洋"，用"矛之聚集地"或"愤怒之场"来代指"战场"。

文学史家常常将盎格鲁-撒克逊诗歌分为基督教诗歌和非基督教诗歌两大类。这并不是全无道理的。有的诗歌歌颂友第德的功绩或使徒的事迹，也有的诗歌传颂女武神。基督教题材的作品也可以具有史诗的某些特征，虽然这也是非基督教诗歌惯有的特点。所以，在著名作品《十字架之梦》中，耶稣化身为"年轻的战士，他是无所不能的上帝"；在另外一些作品中，穿越红海的以色列人却出人意料地被冠以维京人的名号。但是，我们觉得另一种分类方法更加清楚明确。它同样把盎格鲁-撒克逊诗歌分为两类。一类是虽然在英格兰创作，但其实属于日耳曼一派的诗歌。同时还不要忘了，在斯堪的纳维亚半岛以外的其他所有地区，传教士们抹去了古神话的所有印迹。而第二类是所谓的哀歌，我们也可以称其为英格兰岛诗歌。这类诗歌抒发怀念、孤独之情以及大海的激情，具有典型的英格兰特色。

显然，第一类诗歌比第二类更古老。其代表性作品有《芬斯堡之战》（残篇）和长篇英雄史诗《贝奥武甫》。《芬斯堡之战》（残篇）讲述了六十位丹麦战士的故事。弗里斯兰的国王先是接纳了他们，但之后又背信弃义，转而攻击他们。佚名诗人这样写道："我从未听说过有人在战场比他们还英勇，胜利女神的六十位宠儿。"近来有人提出这样的假设，长达三千两百行左右的英雄史诗《贝奥武甫》也许有一个更庞大的故事构架。长诗中穿插着的一两句维吉尔的诗句展示了史诗的作者，也就是诺森布里亚的一位教士，其实是想创作一部日耳曼民族的《埃涅阿斯纪》。这一假设正好解释了为什么《贝奥武甫》中会出现修辞手法和句法结构纷繁复杂的现象，这是通俗语言完全不具有的特点。史诗的故事情节无疑是非常简单的：耶阿特王子贝奥武甫从瑞典来到丹麦，先后杀死了住在泥潭深处的怪物格林德尔和怪物的母亲。五十年后，已是一国之君的英雄，又杀死了一条看守宝物的火龙，但他自己也在与火龙的厮杀中负伤死去。他的人民将他埋葬；十二位骑士骑马守护在他的陵墓周围，哀悼他的离去，唱诵他的挽歌，赞颂他的名字。这两部诗作均创作于公元八世纪初，它们也许是日耳曼文学中最古老的诗歌。显而易见，诗中的人物都是斯堪的纳维亚人。

公元十世纪末，《芬斯堡之战》（残篇）那种直接的、有时几乎是口语式的语言风格，再次出现在莫尔顿的抒情史诗中。该史诗记述了挪威国王奥拉夫的军队大败撒克逊军队的过程。奥拉夫派出使者要求撒克逊人进贡，撒克逊人的首领回应说他们会如国王所愿进贡，但是进献的不是金子，而是他们的利剑。这部抒情史诗有不少细腻的情节。诗中这样讲述一个出门狩猎的男孩：当他遇上敌人的时候，他让心爱的猎鹰飞向树林，而自己则冲入了战场。总体来说，这部诗歌的情感基调是痛苦而内敛的，但是"心爱的"这一修饰语却出乎意料地让人动容。

第二类诗歌大约出现于公元九世纪，它包括了所谓的盎格鲁-撒克逊哀歌。这类哀歌并不悼念某个人的逝去，而是抒发个人的悲伤或者颂唱已逝时代的荣光。有一首名为《废墟》的哀歌哀叹巴斯城倒掉的城墙，诗歌的第一句写道："城墙的石头本非凡，但命运却将它摧残。"另一首题为《浪游者》的诗歌讲述了一个因主人过世而四处游荡的男人的经历：

"他必须以双手为桨在冰冷的霜海中前行，跑遍沙漠的迢迢道路。他的命运业已终结。"还有一首名为《航海者》的诗歌，开篇就宣告："我可以唱诵一首真正关于自己的歌，讲述我的旅行。"诗中描写了北海的暴风雨和严酷的天气："大雪降临，霜冻大地，冰雹落海岸，那是最寒冷的种子。"诗中先说大海是可怕的，之后又向我们述说大海的神奇魅力。热爱大海的人说道："他无心弹琴，不想要戒指作礼物，也无心享受女人的温存；他只想感受高而腥咸的海浪。"这正是约十一个世纪后吉卜林在他的《丹麦女人的竖琴之歌》中所表达的主题。还有一首题为《提奥的哀歌》的诗歌，诗中列举了一长串的不幸，诗歌的每一节都以同样一句忧伤的诗句结尾："过去的事情已经过去；面前的不幸也终会有结束的那天。"

十 四 世 纪

　　两个同等重要的历史事件改变并最终瓦解了古英语。自公元八世纪起，丹麦和挪威海盗不断滋扰英格兰沿海地带，他们的重点目标是北部和中部地区。一〇六六年，具有斯堪的纳维亚血统但受法国文化浸润的诺曼人攻占了整个英格兰。此后，教士阶层使用拉丁语，宫廷用法语，而盎格鲁-撒克逊语则演变成为四种方言，融入了众多丹麦词汇，成为了底层人民的语言。这两百年间，英国文学一片死寂，直到一三〇〇年才复苏。然而这时的语言已不复如初。跟现在一样，通俗用语从总体来讲都属于日耳曼语，而文化用语则是拉丁语或法语。于是出现了一个有趣的现象。盎格鲁-撒克逊语早已消失，但它的音乐却留存了下来。原本不可能读懂《贝奥武甫》

的人却能创作长篇头韵体诗歌。

这类诗歌当中最有名的作品是《农夫皮尔斯》。全诗共六千余行。我们很难清楚地呈现其故事情节，因为作品就像是五彩斑斓的万花筒，将多个故事融为一体。作品最开始展现在我们眼前的是"一片美丽的草原，草原上人山人海"。草原一端的尽头是地下监狱，也就是地狱；另一端的尽头矗立着一座高塔，也就是天堂。农夫皮尔斯建议大家开始通往新圣殿——即真理的圣殿——的朝圣之路。渐渐地寻找真理的人迷失了找寻的目标。皮尔斯与魔鬼的斗争是按照中世纪决斗的方式进行的。皮尔斯骑着一头驴赶到决斗之地，一位围观者问他："这是被犹太人杀死的骑士基督还是农夫皮尔斯？是谁把他涂成红色的？"突然之间，这一梦境消失了。出现了魔鬼、撒旦和别西卜——他们还是三个不同的人物——用火炮抵御耶稣的围困，死守地狱。在后来的《失乐园》中，撒旦也用了同样的手段。魔鬼拒绝交出永罪的灵魂，这时一名神秘的女人出来争辩道，如果魔鬼过去可以变成蛇引诱夏娃，那上帝也可以化为人形。但如果上帝曾化为人形，那么他也是为了更近地了解人类的罪孽和不幸。诗的作者是威廉·兰格伦，他化名威尔，也成为了诗中的一个人物。

《高文爵士与绿衣骑士》不可思议地将撒克逊韵律与凯尔特题材融为一体。故事内容属于在中世纪被称为"不列颠演义"的那类，也就是亚瑟王和圆桌骑士的传说系列。圣诞夜前夕，一名骑着威武高大绿马的绿巨人出现在亚瑟王与众圆桌骑士面前，那名绿衣骑士手拿一把斧头，要求某一位骑士用斧头砍下他的头颅，但砍下他头颅的骑士必须在一年零一天后去陌生而遥远的绿教堂找他，并回受他一斧。没人愿意接受这一挑战。为了捍卫自己的荣誉，亚瑟王正要接下斧头之时，年轻的高文夺过了斧头，砍掉了绿衣骑士的头颅。绿巨人拾起自己的头颅离开，此时头颅再一次提醒高文，一年零一天后他将等待高文的到来。一年的时间很快过去了，诗人描绘了这一年的四季变化，描绘了飘零的白雪和锦绣的花簇。高文开始了漫长而艰难的旅程，他一路跋山涉水，翻山越岭，最后找到了绿教堂。一位老人和他的夫人接待了高文，并让他住了下来。这位夫人比王后格温娜维儿还美丽。老人三次外出打猎，他的夫人三次趁机引诱高文。高文抵制住了美色的诱惑，但却收下了她送的一条绿色镶金腰带。圣诞节那天，绿巨人提斧砍向高文的头颅，然而沉重的铁斧只在高文的脖子上留下一点印迹。这就是对其贞洁的奖励。而脖子上的印迹则是因为他接受了绿腰带而应承受的惩罚。该诗属于头韵体诗歌，共两千余行，作者不详，诗歌将骑士的理想和奇妙荒唐的想象融为一体。

现在我们来介绍被许多人称为英国诗歌之父的杰弗里·乔叟。这个称呼并不是完全不确切的。虽然撒克逊时期的诗人先于他出现，但是这些诗人以及他们写作的语言已经被人们遗忘；相反，乔叟的伟大作品和弥尔顿或者叶芝的作品相比，在本质上并没有很大的区别。莎士比亚读过他的作品，华兹华斯甚至将他的作品翻译成现代英语。乔叟当过宫廷侍童、士兵、朝臣、议员，也当过驻荷兰、意大利的外交官，还曾在今天我们称之为特勤处的机构供职，最后他还当过关税督察。他精通法语和拉丁语，其次是意大利语。他写过一部关于如何使用星盘的专著，他还翻译过波爱修斯的《哲学的慰藉》。一位法国诗人曾致予他"伟大的翻译家"的名号。在中世纪，翻译并不是借助字典进行的语言活动（那时候也没有字典），而是艺术的再创造。举这样一个例子就足以说明乔叟是一位伟大的诗人了。希波克拉底曾写过"ars longa, vita brevis"（"艺术长存，生命短暂"），乔叟把它翻译成：

The lyf so short, the craft so long to lerne.[1]

干涩的拉丁句子就这样被乔叟转换成了忧伤的思考。

受到《玫瑰传奇》的影响，他开始创作隐喻诗。《公爵夫人之书》是他的早期作品，是为悼念兰开斯特公爵夫人逝世而作。诗中以诙谐的口吻自嘲，这体现了典型的乔叟特色。《百鸟议会》也是属于这一时期的作品。

乔叟最深刻的作品是长篇叙事诗《特洛伊罗斯和克瑞西达》，虽然这并不是他最出名的作品。故事和全诗三分之一的诗句均来自薄伽丘的诗歌，但是乔叟对人物做了修改。例如，潘达鲁斯这个人物在薄伽丘的原作中本是一个叛逆的青年，但乔叟将他塑造成一个上了年纪的人，他极力撮合他的侄女克瑞西达和王子特洛伊罗斯的地下恋情。同时诗歌中还加入

---

1 生命如此短暂，学艺却如此漫长。——原注

了长篇累牍的道德说教。有人把这个以特洛伊围城为背景的悲剧故事看成是欧洲文学的第一部心理小说。我们按字面意思来翻译一下其中第五章的一个诗节。这一节讲述的是特洛伊罗斯骑马经过抛弃他的克瑞西达家门前的情景，整节诗既饱含激情又字斟句酌。"他这样说道：噢，令人悲痛的宫殿；噢，我昨天曾把它当做全世界最好的房子；噢，空荡而忧伤的宫殿；噢，屋内的灯光已熄灭；噢，宫殿啊，你曾经是白日，现在却变为黑夜，你应该坍塌，而我应该逝去，因为我曾经的向导已经从这里离去！……噢，红宝石也从指环上剥落；噢，这被遗弃的宫殿是我的圣殿！"乔叟写了很多诗歌，但是唯一一部完成了的只有《特洛伊罗斯和克瑞西达》，全诗共八千余句。

一三八七年左右，乔叟已经累积了许多未发表的手稿，最后他将这些手稿合成一部作品出版。这样就诞生了著名的《坎特伯雷故事集》。在与其类似的故事集中——我们以《一千零一夜》为例——讲述故事的人跟故事本身是毫无关系的；而在《坎特伯雷故事集》中，每个故事都体现了其讲述者的性格。三十多名朝圣者代表了中世纪的各个阶层，他们从伦敦出发前往贝克特圣祠。乔叟也与他们结伴同行，但他笔下的其他香客待他并不好。担当向导的旅店老板提议大家轮流讲故事解闷，谁的故事讲得最好，大家就请他吃一顿晚餐。经过十三年的创作，乔叟最终还是没有写完这部长篇巨著。故事集中有现代英国故事、佛兰芒故事、古希腊罗马故事，还有一个故事在《一千零一夜》中也出现过。

乔叟将他在法国和意大利学到的格律的概念引入英国诗歌。他曾在作品中嘲讽过头韵体诗歌，毫无疑问他认为头韵法是一种俗气且过时的诗歌手法。他非常关注宿命与自由意志这一问题。

切斯特顿有一部非常出色的著作就是研究乔叟的。

戏　　剧

　　基督教时代伊始，教会是排斥艺术的，因为当时的艺术被自然而然地与异教文化联系在一起。因此，中世纪时期戏剧在宗教礼仪中重生，这一直让人觉得很不可思议。弥撒是耶稣受难的重演，而《圣经》里面也有众多戏剧性的章节。教士们为了感化信众，将《圣经》中某些戏剧性场景搬上舞台。接着，戏剧表演从教堂内移到了教堂门外，语言也由拉丁语变成了方言。就这样，"奇迹剧"诞生了。在法国和西班牙，这种戏剧也被称为"神秘剧"。英格兰的各行会组织将《圣经》全部改编成戏剧，并最终将整个《圣经》故事搬上室外舞台，从人类的堕落一直演到末日审判。按照习惯，一般是五月进行演出，演出会持续好几天。水手们驾驭诺亚方舟，放牧的人赶来羊群，厨师们准备最后的晚餐。再接着，奇迹剧又演变为道德剧，也就是说，变成了隐喻性质的戏剧，戏剧的主人公变成了恶习和美德。《人性的召唤》是道德剧中最杰出的作品。

宗教戏剧让位于世俗戏剧。后者的第一位杰出代表人物就是克里斯托弗·马洛（1564—1593）。马洛是坎特伯雷一个鞋匠的儿子，是"大学才子派"剧作家。当时的剧团一般委托宗教职事人员创作剧本，而"大学才子派"的出现与宗教职事在创作上形成了竞争。马洛是叛逆不羁的无神论者，经常到历史学家兼探险家的瓦尔特·雷利家里参加"黑夜派"的活动。他当过间谍，二十九岁时在一家酒馆被人用刀刺死。一位美国批评家认为，马洛为莎士比亚的戏剧创作奠定了基础。他开创了被同时代剧作家本·琼森称为"雄伟的诗行"的诗歌风格。严格来说，马洛的每一部悲剧都只有一位主人公，都是敢于挑战世间道德律令的人。帖木儿渴望攻占全世界，犹太人巴拉巴斯渴望拥有无限的财富，浮士德则表现出对知识的欲望。马洛所表现的这一切都是与那个由哥白尼所开创、布鲁诺所继承的时代相呼应的。哥白尼宣扬空间的无限；布鲁诺甚至参加过"黑夜派"的活动，最终死于火刑。

艾略特发现，马洛总是将夸张手法运用得恰到好处，夸张到极致但又合情合理。这一评价同样适用于贡戈拉和雨果。在其同名悲剧《帖木儿》中，帖木儿在装饰华丽的马车中出场，马车里拴着四位国王，他们是他的囚犯，任他侮辱和鞭笞。剧中有一个场景是他把土耳其的苏丹关进铁笼，还有一个场景是他将圣书《古兰经》扔进了火堆。对于马洛的戏剧观众来说，圣书很可能象征着《圣经》。除了征服世界之外，帖木儿胸中唯一的激情就是对季娜葵特的爱。季娜葵特的死让他第一次明白他也是凡人之躯。发疯的他下令让士兵把火炮对准上天，"用黑色的旗帜装点天空，那是弑神的标志"。比起帖木儿，我们觉得这番话更适合从浮士德口中说出来。它充分体现了文艺复兴时期的特点："大自然创造我们的灵魂，是为了让它们去体会世界万物的神奇之处。"

《浮士德博士的悲剧》深受歌德的推崇。主人公浮士德让靡菲斯特把海伦的鬼魂带到他面前。浮士德因海伦的美丽而陶醉，他感叹道："这就是那张引发千艘战船出航 / 烧毁伊利昂无数高塔的面庞吗？噢，海伦，请赐我一吻，让我不朽！"

与歌德的《浮士德》不一样，马洛笔下的浮士德最后没有得到拯救。生命的最后一天，他看着日落西山，向我们诉说道："你们看，是基督之血淹没了天际。"他希望大地能将他隐藏，他盼望变成海洋中的一滴水，变成一小撮尘土。当午夜十二点的钟声响起之时，魔鬼将他拖入了地狱。"本可变得挺拔的枝条被折断，阿波罗的桂冠被烧焦。"

马洛为他曾经的朋友莎士比亚的创作铺平了道路。他赋予无韵体诗歌前所未有的活力和灵活性。

对于没有把莎士比亚（1564—1616）放回到他那个时代来审视的人来说，他的命运是神秘的。但实际上，这并不神秘。他所处的时代并未如我们这个时代一样对他推崇备至，是因为他是剧作家，而那时戏剧还属于难登大雅之堂的文学体裁。莎士比亚当过演员、作家和商人，经常参加本·琼森的文学聚会。多年后，后者还曾为他不甚了解拉丁文和希腊文而感到惋惜。据和莎士比亚打过交道的演员们说，写作对莎士比亚来说是一气呵成、信手拈来的事情，他从来不用删掉任何一行写过的东西。作为一个优秀的文人，本·琼森也不禁反复感叹道："但愿他曾删掉过千行诗句。"在逝世前的四五年，莎士比亚隐退回到了家乡斯特拉特福镇，在那里购置了房产，房子见证了他再一次的辉煌。但随后他又陷入了债务争端。莎士比亚全然不在意荣耀，他的第一部作品全集也是他死后才结集出版的。

剧院建在城外，没有屋顶。一般的观众在剧院中间的院子里站着看戏，院子周围是廊座，廊座比站着看戏要贵一些。舞台没有前幕和布景。朝臣们可以带着给他们拿椅子的仆人坐在舞台的两侧，以至于演员们上下台时不得不从他们之间穿过。在当今的戏剧中，人物可以在幕布升起后继续之前的对话。但在莎士比亚的戏剧中，人物出入场也是戏剧的一部分，不能省略。例如，最后一幕经常会出现很多尸体，而因为以上提到的原因，剧本中必须安排有人把尸体清理出场。所以，哈姆雷特带着军人无上的尊严和荣耀被埋葬；所以，四名上尉把他抬到墓前，福丁布拉斯说道："以响亮的军歌及隆重的军仪向他致敬。"我们应该庆幸当时舞台没有布景，因为这使得莎士比亚不得不用言语的方式来展现布景，而且还多次用此方式来展示人物心理。国王邓肯远眺麦克白的城堡，他凝望着那高塔和燕雀，发现燕雀筑巢的地方连"空气都是细腻的"，但悲哀的是，他却对自己的命运全然未知，他不知道就在那晚麦克白会在城堡里谋害他。相反，麦克白的妻子知道她的丈夫要谋害国王，她说连乌鸦都叫破了嗓子宣告国王的到来。麦克白告诉他妻子说，邓肯晚上到，妻子问他："他何时离开？"麦克白回答道："他说明天离开。"妻子则回应他说："他永远也见不到明天的太阳。"

歌德说，任何诗歌都有现实环境的影子。悲剧《麦克白》是世界文学之林中最激情澎湃的作品之一。但莎士比亚完全有可能是因为一些偶然的因素而开始创作这部作品。例如，英格兰国王詹姆士一世也是苏格兰的国王，而这部作品的主题正好与苏格兰有关。再如，提到剧中的三个女巫或三位命运女神，也不应忘了国王詹姆士一世相信魔法并且曾写过一部关于巫术的著作。

《哈姆雷特》比《麦克白》更复杂、篇幅也更长。故事最初来源于丹麦历史学家萨克索·格拉马蒂库斯的作品，莎士比亚并没有直接读过他的作品。哈姆雷特的性格是众人讨论的焦点。柯勒律治把他看成是想象和理智先于意志的人物。剧中几乎没有次要人物。即使是哈姆雷特拿在手中的骷髅头骨约里克，其人物形象也是通过哈姆雷特的言语勾勒出来的。同时，剧中两个截然不同的女性人物（奥菲莉娅和乔特鲁德）的塑造也令人难忘。奥菲莉娅理解哈姆雷特，但却被他抛弃，最终不幸逝去；乔特鲁德是强悍的女人，她被情欲左右又饱受折磨。此外，《哈姆雷特》还有神奇的剧中剧效果，叔本华对此技巧称道不已，塞万提斯想必也会对此赞不绝口。《麦克白》和《哈姆雷特》这两部悲剧的中心主题都是罪行。前者是因野心而犯罪，后者则是因野心、复仇和正义而犯罪。

和以上两部作品截然不同的是莎士比亚的第一部浪漫悲剧《罗密欧与朱丽叶》。悲剧的主题与其说是恋人最终的不幸遭遇，不如说是对爱情的颂扬。莎士比亚喜欢在他的作品中展示奇妙的直觉，这部作品也不例外。罗密欧为了寻找罗萨兰而去化装舞会，结果却爱上了朱丽叶。莎士比亚这一安排为人称道。因为罗密欧的灵魂已经为爱神的降临做好了准备。与马洛一样，莎士比亚在剧中频繁使用夸张手法来表现激情。罗密欧看到了朱丽叶，感叹道："是她让火炬发光。"和约里克一样，在这部剧作中也有一些人物，仅通过只言片语其形象就完全被刻画出来。按照情节的安排，男主人公去买毒药。

商人拒绝把毒药卖给他，于是罗密欧掏出了金币。商人说道："我的贫穷愿意接受这金币，但是我的意志不允许。"他得到的回答是："但我买的不是你的意志，而是你的贫穷。"两位恋人在卧室告别那一场中，环境作为心理因素介入其中。罗密欧和朱丽叶都想推迟分别的时间。朱丽叶试图说服她的恋人，窗外是夜莺在歌唱，而不是云雀在宣告白日的来临；拿生命冒险的罗密欧立马认为黎明的霞光只是反射进来的灰色月光。

另一部浪漫剧是《奥赛罗》，它的主题是爱情、嫉妒、险恶以及我们现在称为"自卑感"的东西。伊阿古恨奥赛罗，也恨军衔比自己高的凯西奥。奥赛罗在苔丝狄蒙娜面前自惭形秽，因为他比她大很多岁，而且苔丝狄蒙娜是威尼斯人，他自己却是黑人。苔丝狄蒙娜接受了自己的命运，即使她被奥赛罗杀死，临死前却还试图将这一切归为自己的过错。她对奥赛罗是忠诚的，并且全身心地爱着自己的丈夫。但直到伊阿古的卑鄙伎俩被揭穿之后，奥赛罗才意识到妻子的这些美德。最后他拔剑自刎，但并不是因为悔恨，而是因为他发现失去了苔丝狄蒙娜他也活不下去。

由于篇幅有限，我们只能提及莎士比亚最重要的一些作品，如《安东尼和克娄巴特拉》《恺撒大帝》《威尼斯商人》《李尔王》。但是，我们还是想在这里特别提一下法斯塔夫这个人物。法斯塔夫跟堂吉诃德一样，是一位荒唐又可爱的骑士；但与堂吉诃德不同的是，他身上所体现出的幽默感在十七世纪文学中是独树一帜的。

莎士比亚还留下了一百四十多首十四行诗，全都被曼努埃尔·穆希卡·莱内斯翻成了西班牙文。毫无疑问，这些诗歌带有自传性质，跟莎士比亚的爱情有关，但没人能彻底解密他的感情生活。斯温伯恩称其为"神圣而又危险的文本"。其中一首十四行诗提到了新柏拉图主义的世界灵魂，另外几首又涉及毕达哥拉斯主义"世界历史是周而复始、循环往复"的概念。

莎士比亚创作的最后一部悲剧是《暴风雨》。他塑造了两个非凡的人物，爱丽儿和她的宿敌卡列班。销毁魔法书并决定不再碰巫术的普洛斯彼罗则很可能是莎士比亚本人的象征，因为莎士比亚也借此告别他的创作生涯。

十 七 世 纪

不管是在文学上还是历史上，十七世纪都是一个风起云涌的时代。我们从这一时期选择了三位创作风格迥异的作家：多恩、布朗和弥尔顿。但进入正题之前，有必要先提一下哲学家弗朗西斯·培根（1561—1626）的作品《新大西岛》。这是世界文学史上的第一部科幻小说。它讲述了一群航海者来到了秘鲁附近一个虚构的岛屿。岛上到处都是实验室，实验室里可以模拟出雨、雪、暴风雨、彩虹、回音等各种自然现象，可以通过机械手段将音乐保存下来，还可以通过人工投影再现各种仪式和战争的影像。造船厂可以造出在空中或者水下航行的船只。那里有靠香味就能治病的苹果，还有可以通过杂交实验造出所有可能物种的植物园和动物园。

约翰·多恩（1573—1631）的名气经历了大起大落。他去世之后遭到人们的冷落，直到一七八九年才再度被浪漫主义作家发现，如今他被看作是英国最伟大的诗人之一。他目睹，或许还亲身参与了埃塞克斯伯爵的海军对加的斯的洗劫。他本是天主教徒，后来改信英国国教。他离世之时，已是圣保罗大教堂教长。在多恩所处的时代，包括莎士比亚在内的所有文人都致力于创作意大利式甜美的抒情诗歌，而多恩的创作却回归到其撒克逊前辈所特有的硬朗风格，当然，他本人对此并无自觉。他在他的某两行诗中这样写道："我的歌声不像美人鱼那般美妙，因为我本粗犷。"他的诗歌适当地融入了散文的成分。在一首致大海的诗中，他完全没有提到海神尼普顿，而是描写了晕船的感觉，这在当时的文学中是极为罕见的。多恩的作品属于巴罗克风格，只是他的早期作品带有情色的成分，而晚期作品带有神秘主义色彩。在其早期作品中，他讲述过一个通奸者的故事，通奸者无耻地嘲笑被蒙在鼓里、全然不知妻子出轨的丈夫；在其晚期的一部作品中，他将自己比作一座城，城里处处是各色的偶像，他祈求上帝攻占自己这座城。他写道："如果你不征服我、不奴役我，那我将是不自由的；如果你不强行占有我，那我将是不贞洁的。"他在一篇布道词中说道："我就是我自己应逃离的巴比伦"；在另一篇中，他把本应和静寂联系在一起的坟墓比作将我们拖入深渊、吞噬我们的漩涡。他的著作《自杀辩》（*Bioathanatos*）是为自杀行为的辩护。在这部作品中，他辩解道，既然存在正当的他杀行为，那也应当有正当的自杀行为，他还将殉道者的行为作为此观点的例证。他曾试图写一部著作，要超越世上除《圣经》以外的所有作品。虽然他并没有写完这部名为《灵魂的进程》的诗作，但这一未完成的作品中不乏精彩的诗句。这部作品的创作基于毕达哥拉斯的灵魂轮回说。一个灵魂向我们展示了它生作植物、动物和人的若干次轮回。第一世，它是诱惑夏娃的苹果；第二世，它变成了猴子；第三世，又变成了蜘蛛，被人杀死，做成了毒药。它将囊括整个世界历史，向我们讲述"迦勒底之金、波斯之银、希腊之铜和罗马之铁"所目睹的一切；它要观赏的事物远远不只是太阳，它要在它无拘无束的旅程中每天都欣赏"塔霍河、波河、塞纳河、泰晤士河和多瑙河"。

托马斯·布朗爵士（1605—1682）被誉为英国文学最优

秀的散文家。他曾在欧洲大陆的三所大学学习医学。他曾说过，不管身在何处他都始终在英国，其实这只是为了表达他不管身在何处都感觉像在自己家里一样。在那个宗教狂热且内战连连的年代，他代表了那个年代比较少见的一类人：宽容的人。布朗会希伯来语、希腊语、拉丁语、法语、意大利语和西班牙语，并且是最早一批研究盎格鲁-撒克逊语的文人之一。他的第一本书《医生的宗教》，其题目本身就包含着一个悖论，因为在当时医生被认为是无神论者。这本书的语言风格接近口语，它向我们展示了一个跟蒙田性格类似的人物。在他最重要的作品《瓮葬》中，作品研究的主题只是为了引出睿智且具有音乐感的长篇段落，而这些段落的启发意义远比它讲述的内容重要。作品中有大量的拉丁词汇及新词汇。我们来看看由阿道夫·比奥伊·卡萨雷斯翻译的作品第五章结尾：

"算得上幸福的，是那些不问世事、清白度日的人，他们此生宽以待人，故而不怕与人来世再见，过世之后也不惊扰逝者，亦不会成为被以赛亚赋诗讽刺之人。虔诚之人，此生的岁月怀着对来生的陶醉。前世虽躺在宿命的混沌和前生的暗夜之中，但他们不觉此生胜于前世。如若谁人能有幸理解基督教所谓的寂灭、狂喜、跪拜、蜕变、妻之吻、上帝之味和神荫庇佑，那他们便有幸预见了天堂。对他们来说，世间的荣华业已结束，大地不过是尘土。生，其实就是再度成为我们自己。对真正的信徒来说，这不仅是希望，也是坚定的信念。埋在圣英诺森教堂的墓园里和埋在埃及的沙漠中并无差别：化作万物皆可，皆为永生而陶醉，六尺黄土也好，哈德良的陵墓也罢，此生足矣。"

此前他曾写道："但人是高贵的动物，即使化为灰烬也耀眼，即使步入坟墓也华贵，他用同样的光亮庆祝诞生与死亡，通过勇敢的仪式纪念肉体的丑恶。"

约翰·弥尔顿（1608—1674）比以上两位作家都有名，但就艺术成就而言，三者不相上下。弥尔顿是诗人、神学家、政论家和剧作家。他是狂热的共和派，曾当过克伦威尔的拉丁文秘书，也就相当于担任外交事务负责人的职务，因为拉丁文是当时的外交通用语。即使面临失明的危险，他也没有在繁重的工作面前退缩，他坚持工作，直至最后完全失明。弥尔顿先后结过两次婚，他支持离婚和多配偶制。他在意大利结识了伽利略，并且通过伽利略的望远镜看到了月亮。多年后，在《失乐园》对撒旦之盾的描写中，他重现了在望远镜中看到的月亮形象。他可以用拉丁文和意大利文作诗，而且他的某部早期作品就是直接从《诗篇》翻译而来的。弥尔顿写过文章证明人民斩首查理一世是合理的。以至于后来当查理二世上台时，有人把弑君者的名单呈送给他，他却没有接受，理由是他没有签署死刑命令的权力。

在写下第一行诗之前，约翰·弥尔顿就已经预感到他会成为一个诗人。他一心想写出一部"被后世敬仰的传世之作"。他认为，要唱颂英雄事迹就必须有一个英雄的灵魂。因此，虽然他的性格中有享乐的一面，但作为诗歌中的牧师，结婚之前他一直保持着贞洁。在十七世纪，诗人荷马的崇高地位是无可争议的。从这一或许合理的认知，他推断出，荷马式的史诗型作品是优于其他任何体裁的。于是弥尔顿准备创作一部伟大的史诗。他研究世界上最著名作品的原文原作。最后他得出结论，希伯来文学优于希腊文学和罗马文学。同时他还认为，韵律是可怜的现代文学技巧，是被古人所忽视或轻视的技巧。于是，就只剩下作品的主题还待选择了。圆桌骑士系列故事让他痴迷，但是查理一世自认为是班柯的后代，而按照传统，班柯又是亚瑟王的后代。弥尔顿支持处决查理一世，所以，对身为共和党人的他来说，这一主题是不适合的。此外还有一个原因也让他不能选择这个主题。亚瑟王是凯尔特人，而十七世纪的英国人，尤其是共和党人，认为他们传承的是日耳曼血统。选择什么样的主题呢？与托尔夸托·塔索一样，对弥尔顿来说，《伊利亚特》的主题也存在着唯一一个缺点，也就是，特洛伊围城和特洛伊城的衰落不一定会引起所有人的兴趣。《圣经·旧约》则为他提供了一个更广阔的构架：创世记、天使之间的战争和亚当的罪孽。一六六七年，已双目失明的弥尔顿发表了《失乐园》。

壮丽雄浑的基调延续了典型的弥尔顿风格。但是读者很快就会发现，其作品有太多墨守成规的东西，没有随着激情的变化而变化。

十八世纪最具权威的英国批评家塞缪尔·约翰逊评论道，《失乐园》是这样一本书，读者对它推崇备至，但紧接着就束之高阁。"读过它的人，没人会希望它篇幅更长。人们读《失乐园》，更多是源于他们认为应该读这部作品，而不是源于阅读的快感。我们读弥尔顿是为了追求精神上的提升，但是阅读过程却变成一种负累，让我们不得不中途放弃，转而选择别的更有意思的东西。我们逃离大师，寻找朋友。"与无所不能的上帝进行抗争的撒旦被许多人看成是这部作品真正的、隐秘的主人公。

发表于一六七一年的《力士参孙》也许是弥尔顿的集大成之作。作品效仿古希腊悲剧，暴力事件都被安排发生在舞台之外，还有合唱团对事件加以评论。作品中不乏绝妙的诗句。被妻子背叛、敌人包围并且双目失明的参孙，其实是弥尔顿在诗剧中的影子。

在相当长的一段时间内，弥尔顿都被看成是典型的清教徒。但是其遗作——神学著作《基督教教义》——的发现，向人们展示了弥尔顿具有异教色彩的一面。在这本著作中，他创造了一个接近多神论的神学体系，和加尔文及罗马天主教思想相去甚远。德尼·索拉在这部作品中发现，弥尔顿受到了喀巴拉的影响。

十 八 世 纪

除了这一时期的名家名作之外，还有两个相互对立的运动可以定义这个世纪。第一个是十八世纪前半叶的古典主义运动。古典主义，也称为假古典主义，即根据布瓦洛提出的理性和明晰的原则来架构散文和诗歌。第二个是浪漫主义运动，它比古典主义运动重要得多。浪漫主义兴起于十八世纪中叶。苏格兰的詹姆斯·麦克弗森开创了浪漫主义运动的先河，随后浪漫主义运动扩展到英格兰、德国和法国，最后波及整个西方世界，阿根廷也深受影响。

我们本可以选择亚历山大·蒲柏作为古典主义诗歌的代表人物，选择约瑟夫·艾迪生或者辛辣犀利的乔纳森·斯威夫特作为古典主义散文的代表人物。但是，最终我们却选择了伟大的历史学家爱德华·吉本（1737—1794）。

　　吉本出身于伦敦附近的一个古老家族。其家族并不算特别显赫，家族中有先辈在中世纪时期当过国王的建筑师。吉本自小在父亲的藏书室里阅读了大量书籍，后进入牛津大学接受教育。对于牛津大学和剑桥大学之间谁的历史更悠久的争论，吉本在若干年之后评论道，唯一可以确定的是，两所名校都显现出了老年病的各种症状。十六岁时，他因阅读了波舒哀的著作，受其影响而改信天主教。这引起了家人的惊慌，于是他被送到了新教正统的中心——洛桑。谁知事与愿违，这一举动反而使吉本变成了怀疑主义者。正如弥尔顿一样，吉本知道自己注定要走上文学的道路。他曾计划写一部瑞士联邦的历史，但却因某种德语方言太难学，只好作罢。他也想过写雷利的传记，但考虑到这可能只能引起小部分人的兴趣，于是他再次放弃。一七六四年，他游历到罗马，当置身于卡皮托利欧的废墟之中，他产生了要编写他最宏大的作品《罗马帝国衰亡史》的想法。在动笔之前，他阅读了古代及中世纪所有历史学家的原文原著，还对建筑和钱币进行了研究。他于一七八七年六月二十七日晚在洛桑完成了这部巨著，前后共耗费了十一年时间。七年后，他在伦敦逝世。

　　吉本的这部作品不仅是英国文学最重要的历史丰碑，也是世界文学最重要的历史丰碑之一。两个貌似相互排斥的风格——讽刺和华丽——在这部作品中得到了完美的融合。吉本为该作品所选取的庞大题目，为自己提供了最大的创作空间。《罗马帝国衰亡史》包括了十三个世纪的历史，从图拉真皇帝写到君士坦丁堡的陷落和里恩佐的悲剧命运。他运用娴熟的叙事技巧，将各式各样、包罗万象的人物和事件鲜活地展示在人们面前：查理大帝、阿提拉、穆罕默德、帖木儿、罗马的洗劫、十字军东征、伊斯兰教的传播、东方战争、日耳曼民族内部战争。作品中不乏大量机智辛辣的评论。譬如，苏格兰人自诩是唯一击退过罗马人的欧洲民族，吉本却发现，罗马人是带着轻蔑转身离开的，他们嫌弃苏格兰是个气候恶劣、寒冷阴暗的地方。再如，他在书中提到过"神学的夜战"，而在同一段落中他又称之为"教会的迷宫"。尼采后来写道，基督教最初是奴隶的宗教；而此时的吉本则赞美上帝这一神秘的决定，他让一小群没有文化的人——而不是让学识渊博的哲学家——来揭示真理。吉本并不否定宗教奇迹；相反，他指责以普林尼为代表的非基督教学者犯下了不可饶恕的疏漏，他们记录了世界上所有的奇人异事，却只字未提拉撒路的复活、耶稣受难之日的地震和日食。自塔西佗开始，许多人都认为日耳曼人的宗教崇拜值得称颂，仁慈的日耳曼人没有把神关在寺庙殿堂之中，而是更愿意到清幽的树林里去膜拜他们。但吉本却评论道，日耳曼人那时还建不好庙宇，他们也就勉强能搭建茅屋。

在用英语写作之前，吉本是用法语和拉丁语写作的。他在研究帕斯卡和伏尔泰的同时，也练习法语和拉丁语的写作。反复的练笔为鸿篇巨制《罗马帝国衰亡史》的撰写奠定了基础。这本书出版后，他被卷入了激烈的神学论战。但他在论战中自得其乐，而且总是最后的赢家。

除了《罗马帝国衰亡史》之外，吉本还有一部关于埃莱夫西斯秘仪的著作和一部他死后才出版的精彩自传。

十八世纪的另外一位杰出作家是塞缪尔·约翰逊（1709—1784），他集词典编纂家、散文家、文学评论家、道德学家于一身，并且有时还进行诗歌创作。他出身贫寒，自小在利奇菲尔德镇父亲的书店里阅读了大量书籍。他当过学校的老师。最初他生活艰苦，但这并未影响他积累庞杂而渊博的知识。一七三五年，他受托翻译了耶稣会教士洛伯神父的《阿比西尼亚之旅》。同年，约翰逊结婚。自一七三七年起，他来到伦敦居住。十年之后，他提出了编纂第一本《英文辞典》的计划。后来正是这本辞典让他名声大噪。他认为是时候将英文规范和固定下来，应该去除英文中的法文词汇，并尽可能地保留其日耳曼语特性。有人告诉他，一共有四十位院士参与了法兰西学院字典的编纂。看不起外国人的约翰逊回应道："四十个法国人对一个英国人，这比例很合理。"他用了八年的时间来编纂他的《英文辞典》。他因这本辞典而声名鹊起，也因此获得了一个一语双关的绰号"词典约翰逊"，既暗指约翰逊的体型，也提到了他的作品。一七六二年国王给予他每年三百英镑的津贴。此后，除了偶尔例外的情况，他放弃了书面文学的创作，转向口头文学。他成立了"文学俱乐部"，能言善辩又颇具权威的他被俱乐部成员背地里称为"大熊座"。文学俱乐部成立后不久，他就认识了年轻的苏格兰人詹姆斯·鲍斯威尔（1740—1795）。鲍斯威尔将约翰逊的言论都记录了下来，也许还进行了润色。这些记录帮助他写成了文学史上最有意思的作品之一《约翰逊传》，于约翰逊逝世后第五年问世。

约翰逊发表了《诗人传》，其中包括了一篇弥尔顿的传记，在传记中他对弥尔顿多有责难。此外，《诗人传》还包括了他编的莎士比亚作品集，约翰逊针对古典主义文人对莎士比亚的抨击为其进行辩护。布瓦洛坚持亚里士多德的三一律，即时间、地点、情节的统一，他曾在其著作中写道，在悲剧的第一幕观众以为故事发生在雅典，第二幕却变成了亚历山大港，这是很荒唐的。约翰逊则反驳道，观众不是疯子，他们既不认为自己在雅典，也不会认为在亚历山大港，而是认为自己在戏剧里。有人在约翰逊面前评论水手的生活是可悲的。约翰逊对他说道："先生，水手生活的尊严就是冒险。没有在大海中乘风破浪或者没有经历战斗洗礼的人是要被轻视的。"作为虔诚的宗教信徒，他经常会感到世俗的浮夸和虚荣，以至于某次聚会，面对众人的崇拜和恣意狂欢，他不由得高声诵念主祷文。

鲍斯威尔的《约翰逊传》经常被拿来和爱克曼的《歌

德谈话录》做比较。但是两者有根本性的区别。爱克曼是毕恭毕敬的学生，他只是将老师的观点原封不动地记录下来；而鲍斯威尔的传记则类似于一部喜剧，剧中有两个核心人物：一个是可爱又时而可笑的约翰逊，另一个则是几乎总是荒唐可笑、总受人打击的鲍斯威尔。以麦考莱为代表的不少人认为鲍斯威尔是个白痴，但是他们忘记了，他们下这个论断所依据的例子就出自鲍斯威尔的作品。鲍斯威尔将这些可笑的例子穿插在这部传记中，就是要在书中创造一个喜剧人物形象。与麦考莱相反，萧伯纳则称赞鲍斯威尔扮演了剧作家的角色，他为我们创造了一个不朽的约翰逊。

鲍斯威尔生于爱丁堡的一个贵族世家。他曾先后在爱丁堡大学、格拉斯哥大学、乌得勒支大学学习法律。他人生中最重要的事件是在伦敦的一家书店遇到了"词典约翰逊"。在欧洲大陆逗留期间，他结识了卢梭、伏尔泰和科西嘉的保利将军。他写过一篇拥护奴隶制的赞歌，提出奴隶制的废除关闭了人类慈悲的大门，因为奴隶制的废除导致非洲黑人不再把他们的囚犯卖给白人，而是将他们杀死。一七六九年，鲍斯威尔和他的表妹玛格丽特·蒙哥马利结婚，他们一共有七个孩子。最近有人发现了他的日记手稿，并于一九五〇年出版。日记中处处可见具有鲜明的鲍斯威尔色彩的奇言怪语。

浪漫主义运动

　　著名的历史哲学家奥斯瓦尔德·斯宾格勒在其著作中列出了为数不多的几位伟大的浪漫主义诗人，几乎被人遗忘的詹姆斯·麦克弗森（1736—1796）位列其中。麦克弗森出生于因弗内斯附近，当时那里仍然讲盖尔语。麦克弗森从未完全掌握盖尔语，他甚至没有学会用盖尔语阅读，但是他为自己是苏格兰人而深感自豪。他当过学校的老师。一七六〇年他在朋友的帮助下发表了《盖尔语古诗片段英译版》，引起极大的轰动。两年后，在文化名人布莱尔博士的资助下，他出版了史诗《芬加尔》。据他在序言中介绍，这部作品是由公元三世纪的一首古诗翻译而来的。古诗的作者是主人公芬加尔的儿子欧西安，古诗的某些片段在苏格兰的山地和岛屿地区被保留了下来。《芬加尔》是押韵散文体诗歌，形式上类似于《圣经》经节。它被译成了几乎所有的欧洲语言，拥有众多读者。拿破仑身携教士塞萨罗蒂翻译的意大利语版《芬加尔》四处征战；歌德读过该诗之后评论道，欧西安让荷马住进了自己的心里，歌德还把《芬加尔》的某个章节写进了《少年维特之烦恼》。然而，另外一些读者认为《芬加尔》是杜撰的。其中言辞最激烈的当属约翰逊博士，因为他原本就厌恶苏格兰人。他认为，把一部六卷长的史诗说成是野蛮部落的作品，这是荒谬的，他们甚至都不能从一数到五。《芬加尔》可能并不是一部真正被重构过的凯尔特史诗，但毋庸置疑，它是欧洲文学的第一部浪漫主义诗歌。诗人麦克弗森刻意牺牲自己来成就苏格兰更大的辉煌。

我们来引用一些诗中的句子："人对人，铁碰铁。盾牌嗡鸣，战士倒地。犹如百把铁锤落向锻炉上火红的铁丝，他们站起来，宝剑在吟唱。"另一处场景中诗人又写下这样的句子："别的时代充盈着我的灵魂。"还有，"他们在他的眼睛里看见了战斗，从他的宝剑中窥见了屠杀"。

即使在英国国土之外，拜伦勋爵仍然被看成是英国浪漫主义运动的核心人物。而在他的祖国，他的形象比他的作品更加鲜活。这位英俊、忧郁、不羁的贵族在充满神秘和惊异的气氛中游历了西班牙、葡萄牙、希腊、土耳其、德国、瑞士和意大利。拜伦天生跛足，但他超越了自己的生理缺陷，如同希腊神话中的勒安得耳，横渡了达达尼尔海峡。他参加了希腊独立战争，一八二四年四月十九日因高烧不治在迈索隆吉翁离世，享年三十六岁。直至今天，对于希腊人来说他仍然是民族英雄。

拜伦留下了许多作品，但我们在这里只提及《恰尔德·哈洛尔德游记》和《唐璜》。《恰尔德·哈洛尔德游记》是同时具有自传性质和奇幻色彩的作品，它的倒数第二章中有对滑铁卢战役的描写。《唐璜》是一部讽刺史诗，诗中有许多出人意料的情节和不少情色场景。拜伦诗艺娴熟，在《唐璜》中大量地运用了讽刺手法。后来卢贡内斯在他的《伤感的月历》中也采用了同样的艺术手法。

一七九八年，华兹华斯和柯勒律治共同发表了《抒情歌谣集》，这标志着浪漫主义运动的正式兴起。华兹华斯和柯勒律治都是伟大的诗人，两者的作品都几乎是不可译的。《抒情歌谣集》是一部很有意思的作品，它完全符合华兹华斯的诗学理论。这一理论是在两年后《抒情歌谣集》再版时由华兹华斯提出来的。根据这一理论，诗歌不是在激情迸发那一瞬出现的，而是在诗人重现激情迸发那一刻时出现的，此时诗人扮演着演员和观众的双重角色。"诗歌源自在平静中对激情的回忆。"华兹华斯反对十八世纪所谓的"诗意的文辞"，反对陈言套语和隐喻的使用，推崇自然随性的语言，虽然他也排斥方言式的言辞。他认为，乡下人说话的方式受到自然的影响，相比之下，城里人说话的方式就显得做作。华兹华斯的理论为后来惠特曼和吉卜林的创作奠定了基础。毫无疑问，他们的创作会让华兹华斯大吃一惊。没有人可以完全不同于他所处的时代，所以华兹华斯的作品中也偶尔会出现他所反对的这些缺点。华兹华斯于一七七〇年生于苏格兰边境附近，于一八五〇年去世。

他留下了一部未完成的哲理诗。诗歌讲述了一个梦境，梦中的主人公是一个阿拉伯人，他肩负着一项使命：拯救人类最重要的两样东西——科学和艺术，使它们免受第二次大洪水的侵袭。科学的化身是一颗石头，它同样也代表欧几里得的几何学；而艺术则是一只蜗牛，它代表世上所有的诗歌。华兹华斯同时也进行十四行诗的创作。他创作的十四行诗并不比莎士比亚或叶芝逊色。切斯特顿评论道，读华兹华斯的诗歌，宛如天微亮之时在青山间饮一杯清水。

可以说对于萨缪尔·泰勒·柯勒律治（1772—1834）的生平我们知之甚少。柯勒律治生于德文郡，是一位新教牧师的儿子。他的父亲常在他的布道词中穿插大段的用圣灵之语——也就是希伯来文——讲的《圣经》章节，这让质朴的教民感到非常有趣。与华兹华斯一样，柯勒律治也支持法国大革命，还提议在美国的荒野中建立一个社会主义理想社会。但是雅各宾派专政和拿破仑的军事独裁让他放弃了这些想法。他的整个一生就是由各种因素组成的漫长序列，其中有延误，有歧途，有大可不必列出目录的各色杰出作品，也有准备进行但很少真正开讲的讲座。柯勒律治的《文学传记》是用散文写成的。无数的题外杂谈中，有对华兹华斯诗艺理论的反驳，也有对费希特和谢林自觉或不自觉的搬用。他和德·昆西、卡莱尔是最早在英国传播德国哲学的文人。他的诗作一共有近四百页，但是，除了《沮丧》之外，剩下的都可以归结为三部诗。有人说这三部诗的组合类似于《神曲》。第一部是《克里斯特贝尔》，与之相对应的是地狱。第二部是《古舟子咏》，对应炼狱，讲述了发生在南极地区的一次神秘的赎罪之旅，诗中的人物是人类、天使和魔鬼，其中诗人对南极地区的描写栩栩如生。第三部是《忽必烈汗》，对应天堂。它的创作过程是非常奇妙的。当时还是鸦片瘾君子的柯勒律治，睡前一直在读一本游记，后来他做了一个三重梦，涉及音乐、言语、视觉三个层面。他听到一个声音在不断地重复一首诗，听到一段奇怪的音乐，还看到一座中国宫殿。他知道（因为在梦里人自然而然地就会知道一些东西），是音乐筑建了宫殿，而保护过马可·波罗的忽必烈大帝正是宫殿的主人。梦中听到的诗很长。柯勒律治醒来后回忆起那首诗，立刻挥笔把它记下来，但是中途被人打断，之后他就再也记不起来诗歌的结尾。然而，他写下来的这五十多句诗，因其优美炫目的意象和细腻流畅的笔触，被誉为文学史上不朽的篇章。诗人去世的数年后，人们得知，真实的忽必烈汗其实也是根据他梦到的一张图纸来建造宫殿。

托马斯·德·昆西（1785—1859）是柯勒律治和华兹华

斯的学生。除了小说《克劳斯特海姆》和他翻译或释义的莱辛的《拉奥孔》之外，他的作品全集，总共有十四卷，分为若干章节。从篇幅和深度来看，当时的章节也就相当于我们今天所说的本。他试图像托马斯·布朗爵士一样，写出如诗歌一般富有诗意的散文，当然，很多时候他如愿以偿。他最重要的作品是《一个英国鸦片服用者的自白》（部分被夏尔·波德莱尔译成法文）。作品讲述了作者曲折的经历、他的梦境和梦魇。他为了寻找精神上的快感而吸食鸦片。鸦片增加了他对音乐的敏感度，让他能够理解，或者他自认为能够理解，康德最晦涩难懂的思想。他甚至到了每天要摄入八千到一万两千滴鸦片制剂的地步。长期吸食鸦片让他噩梦缠身；他感觉空间已经膨胀到了人眼都容不下的地步；一个晚上对他来说像几个世纪那么漫长，但醒来又感觉浑身疲惫无力。他常做跟东方有关的梦，梦见自己是受万众景仰的神灵或金字塔。他精致细腻而又错综复杂的段落文字仿若音乐的殿堂一般在人们面前展开。瘦小、脆弱、彬彬有礼，他留在人们记忆中的形象完全不似现实中的人物，而像是完全虚构的。

关于雪莱（1792—1822）以及开创了历史小说先河的沃

尔特·司各特爵士（1771—1832），我们仅能在这里略微提及他们的名字。

　　英国最杰出的抒情诗人，约翰·济慈（1795—1821）生于伦敦的一个贫寒家庭，后来因染上肺痨死于意大利。他所接受的教育是不完整的。对此，阿诺德评论道，虽然他不懂希腊文，但他生来就是希腊人。二十岁时，他写下了著名的十四行诗《初读查普曼译荷马史诗有感》。诗中他写道，他惊喜的心情无异于第一位西班牙征服者看到太平洋时的感受。他是利·亨特和雪莱的朋友。弥尔顿希望诗歌是简单、感性而激情澎湃的。济慈的作品，除了爱用古语之外，完美地符合了弥尔顿的设想。只要英语还留存于世，他的两首诗作《夜莺颂》和《希腊古瓮颂》就会万古流芳。济慈要求在他死后把"此地长眠者，声名水上书"当做他的墓志铭刻在他的墓碑上。雪莱在他著名的挽歌《阿多尼》中表达了对济慈的哀悼之情。

十九世纪散文

　　十九世纪初，新教信仰、浪漫主义运动对法国古典主义的反叛、拿破仑战争、英普联军在滑铁卢取得的共同胜利以及两个民族对共同起源的记忆，使英国和德国靠得很近。在文学上，体现英德交好的最重要的代表人物是苏格兰散文家、历史学家托马斯·卡莱尔（1795—1881）。一八三二年左右，他出版了小说《旧衣新裁》，作品受到了让-保罗·里希特创作风格的影响，饱含激情，有很强的表现力。作品讲述了虚构的理想主义哲学家第欧根尼·丢弗斯德罗克的生平，阐明了其哲学主张，并引用了其作品中的长篇段落。卡莱尔认为世界历史是用神的密码写成的作品，我们在不断地阅读和书写这部作品，"与此同时，我们自己也被写进了作品中"。他还认为，民主不过是在选票箱粉饰下的混乱。所以他支持独裁，崇拜克伦威尔、腓特烈大帝、俾斯麦、征服者威廉以及巴拉圭独裁者弗朗西亚博士。在王位继承战争期间，他拥护奴隶制，宣称最好一辈子都有仆人服侍，并且不主张隔三差五地更换仆人。他承认当时英国的状况不容乐观，但是每一个民族都拥有可以让它重新振奋的两样东西：军营和监狱。因为至少在这里是存在着某种秩序的。他的主要作品有《英雄与英雄崇拜》《法国大革命史》《奥利弗·克伦威尔书信演说集》《过去与现在》《挪威早期帝王史》。在《挪威早期帝王史》中，他热切地总结了冰岛人斯诺里·斯图鲁松的相关经典作品。卡莱尔深信，北欧民族比其他民族优越，因此，和费希特一样，他也被看作是纳粹之父。但生活中的他是不幸的，颇有些神经质。

撇开某些生平资料不谈，查尔斯·狄更斯（1812—1870）身上唯一无需置疑的就是，他是一个天才。斯蒂文森指责他"裸身在情感的世界里打滚"，但是不要忘了，他不仅写情感，也写幽默、荒诞、超自然和悲剧性的东西。和同时代的法国作家维克多·雨果一样，他也是一位伟大的浪漫主义小说家。

他创造了众多人物形象，虽然都略带点讽刺意味，但是他们的形象是永恒的。狄更斯的父亲是小职员，曾多次因负债而入狱，他就是《大卫·科波菲尔》中米考伯先生的原型。而狄更斯也因此饱受贫困之苦。他从小就在仓库打工，当过议会会议速记员、记者、期刊主编和连载小说家。他走访过美国，并出人意料地在美国公开支持维护著作权，支持废除奴隶制。拜伦、司各特和华兹华斯发现了浩瀚海洋和崇山峻岭之美，而狄更斯则展露了贫民窟的情感。更重要的是，他发现了童年的独特魔力。与此同时，他还深入挖掘犯罪这一主题，他笔下的谋杀案让人记忆深刻，甚至影响了陀思妥耶夫斯基的创作。具体的例子不胜枚举，我们仅以乔纳斯·朱述尔维特谋杀蒙田·崔格为例，虽是间接描写，但仍让人过目难忘。狄更斯于创作盛年期离世，留下了一部未完成的侦探小说《艾德温·德鲁德之谜》。切斯特顿评论道，只有我们在天堂再遇到狄更斯之时，才有可能解开艾德温·德鲁德之谜，当然，等到那时，更有可能的是，他也不记得谜题了。狄更斯的父亲曾有《一千零一夜》和《堂吉诃德》各一本。《堂吉诃德》中，随着旅途的展开，各种奇遇冒险随之而来。我们有理由相信正是这部小说影响了狄更斯的成名之作《匹克威克外传》。

除了精于塑造各种人物形象外，狄更斯还是我们今天所说的承诺作家。他支持监狱、学校以及收容所的改革。

狄更斯进行侦探小说的创作是受了他的密友威尔基·柯林斯（1824—1889）的影响。柯林斯有《月亮宝石》《白衣女人》《阿马代尔》等作品留世。艾略特认为，在这其中，《月亮宝石》不仅是篇幅最长的，也是写得最好的侦探小说。受十八世纪书信体小说的影响，柯林斯成为了第一位让作品中的不同人物来讲述同一故事的小说家。这种多视角概念后来被布朗宁和亨利·詹姆斯再次运用并得到深化。

跟梅嫩德斯-佩拉约一样，托马斯·巴宾顿·麦考莱（1800—1859）既是一位伟大的作家，也是一位非凡的学者。而且，两人都拥有超凡的记忆力，都给人以饱读诗书的印象。但两人的相似点也仅限于此。梅嫩德斯-佩拉约是狂热的天主教徒，而麦考莱则是温和的清教徒和自由主义者。两人的想象力也不一样，麦考莱能够将阴谋和战争活灵活现地展现在读者面前。

托马斯·巴宾顿·麦考莱的父亲是扎卡里·麦考莱，是支持废除奴隶制的著名人物。托马斯继承了父亲的主张，而这些主张也正是那个时代的呼声。他从小就知道自己将来会成为一个历史学家，也明白要研究历史就必须先阅读大量的书籍和资料。他在经济上并不富裕，为了赚钱曾去过印度任职，并在那里待了五年。回国后，在多年辛勤研究的基础上，他开始了《英国史》的撰写。这是一部杰出但却有所偏倚的作品，而且最终也未能完成。他还是一位受人敬仰的散文家。在他的散文作品当中，比较突出的是致众多名人的文章，如约翰逊、征服印度的克莱武、约瑟夫·艾迪生、弥尔顿、彼特拉克、但丁。他发现，比起弥尔顿的天马行空，但丁所描写的具体细节蕴含了更丰富的想象力。他写过诗歌，并受到了大众的认可。他还认为，除了贺拉斯和维吉尔，古罗马值得称颂的还有它的谣曲和抒情诗。基于这样的想法，他创作了《古罗马之歌》。在英语国家，这部作品直到现在都仍然被广泛阅读。如同此后吉卜林的作品一样，这部作品确认或暗示了两个帝国最根本的民族身份。

和麦考莱不同，约翰·罗斯金（1819—1900）是一个非常复杂的人物。他爱好广泛，对素描、油画、建筑、社会问题和散文都颇感兴趣，并且绘画技艺娴熟。他被认为是早期的英国文体学家。晚年时，他摒弃了王尔德、普鲁斯特所代表的精致细腻的风格，而转向朴实无华、近乎童真的风格。他家境富裕，但他认为他的财富是社会公共财产的一部分，因此他每年都在《泰晤士报》上公布自己的账户明细，以便让公众知道他没有乱用财产，未用它来做损害他人利益的事情。他还创立过一个工人学校。他篇幅最长的作品是《现代画家》，第一卷于一八四三年发表，而第五卷，也是最后一卷，则于一八六〇年问世。书中有无数题外杂谈，读来颇有兴味。他写这部书的意图是为了向他心目中最杰出的风景画家透纳致敬。而他的其他作品几乎每本都充满争议：《建筑的七盏明灯》《威尼斯之石》《绘画要素》《透视要素》《艺术的政治经济学》《芝麻与百合》《灰尘伦理学》《鹰巢》以及自传《普雷特利塔》。他支持前拉斐尔学派的画家和诗人。关于这一学派，我们将在后面提到。

罗斯金认为古希腊罗马以及中世纪时期所谓的自然不是真正的自然。他解释说，荷马眼中美丽的地方其实只是肥沃富饶的地方，而被浪漫主义所推崇的山峦叠翠对但丁而言却是从天堂降入了凡间尘世。他主张绘画作品采用半圆形构图方式，因为这种构图方式正好跟人的视野契合。他认为，长方形构图的习惯其实是源于墙壁和门窗方形结构的不良影响。他反对兴建火车站，其理由是《圣经》里没有哪个章节提到过钢铁建筑。他还指责美国画家惠斯勒的画作是在欺骗观众。

马修·阿诺德（1822—1888）也是个涉猎广泛的作家。在他的一生中，他参与了若干政治及神学论战，但由于这本书的篇幅有限，我们无法一一表述。马修·阿诺德生于米德尔塞克斯郡，他曾先后在拉格比公学和牛津大学学习，此后一生都忠于牛津。他担任过学校督学以及牛津大学的诗学教授。勒南、圣伯夫和华兹华斯是他最喜欢的作家。受到卡莱尔的影响，那个年代的英国自认为是纯日耳曼血统，而阿诺德在他的著名文章《论凯尔特文学研究》中指出，就民族起源而言，凯尔特因素同样重要。他提到麦克弗森笔下的忧郁情怀，它曾影响过整个欧洲，他还引用莎士比亚和拜伦的诗句，并且指出这些诗句跟撒克逊民族完全没有关系。他认为，武断是英国作家最主要的问题所在，于是他在法国人、希腊人和罗马人的作品中找寻"甜蜜和光明"。他对歌德极为推崇，并指责其所谓的弟子卡莱尔从未真正理解过他。他曾多次揭露英国国内存在的地方主义倾向。他还专门写过致海涅和莫里斯·德·盖兰的文章。他到美国做过一系列讲座，但新大陆并没有激起他的多大热情。阿诺德最出名的论著是《论荷马史诗译本》。在书中他指出，直译的翻译方法常常会不忠于原文，因为用这种方法翻译出来的句子，它的重点和效果会和原文不一致，从而会阻碍读者的阅读或者让读者感到奇怪。所以阿诺德认为，伯顿上尉把《一千零一夜》翻译成《一千夜和一夜》，会让我们感到奇怪。虽然"一千夜和一夜"这样的字面表达在阿拉伯语中是很正常的，但是直译成英文就和阿拉伯语原文想表达的意思不一致了。阿诺德的诗歌不如他的散文出色，还被艾略特严厉地批判过。阿诺德给他那一代文人带来了积极的影响，他的高雅、他的嘲讽和他的教养都是无可挑剔的。斯蒂文森指出，在作家应具备的素质中，有一个是最具有分量的，它就是作家的魅力。毫无疑问，阿诺德做到了这一点。

牧师查尔斯·路德维希·道奇森（1832—1898）是一个

非同寻常的英国人，他和阿诺德完全不一样，而且阿诺德也绝不会想成为他这样的人。他生性腼腆，不喜欢和人打交道，但是却非常喜欢孩子。为了逗小女孩爱丽丝·利德尔开心，他以笔名刘易斯·卡罗尔创作了两部作品：《爱丽丝梦游仙境》和《爱丽丝镜中奇遇记》。正是这两部作品让他一举成名。在《爱丽丝梦游仙境》中，爱丽丝梦见她追逐一只白兔，穿过树林，来到一个神奇的国度。那里有扑克牌国王和王后，他们审判她，还给她定了罪。后来她发现他们不过就是纸牌，于是梦就醒了。在《爱丽丝镜中奇遇记》中，爱丽丝穿过了镜子，来到一个奇怪的地方。她在这里遇到的许多人其实都只是有生命的象棋棋子。到最后我们才发现这个地方其实是个棋盘，而爱丽丝的每一次奇遇都对应棋盘上的一步棋。我们永远不知道刘易斯·卡罗尔是否觉得在这样一个充满各色人物，人物之间互相转换融合的、不稳定的世界里有噩梦的成分存在。若干年后，他又出版了小说《西尔维和布鲁诺》，分为上下两册。这是一部错综复杂、几乎无法解读的作品。按照作者本人的说法，这部作品直接来源于他做过的梦。

道奇森是位数学老师。除了以上我们提到的作品之外，他还写过幽默搞笑的文章、一部逻辑学著作和一部关于欧几里得几何评论家的论著。摄影，这门被当时艺术家所瞧不起的艺术，也是他的众多爱好之一。

阿根廷作家威廉·亨利·哈德逊（1841—1922）出生于布宜诺斯艾利斯省基尔梅斯附近的一家农场。他自小与高乔人为伍，精于骑术，但幼年时因风湿病引发高烧，导致他不能再进行农场劳作。他走遍了整个阿根廷，见过各式各样的植物、动物、鸟禽，并将这些连同多姿多彩的草原一起刻入自己惊人的记忆中。二十八岁时，他离开阿根廷去了英国，此后再也没回去过。但是，埃瑟基尔·马丁内斯·埃斯特拉达认真审视哈德逊的一生后发现，其实阿根廷一直都在他心中，从未远离过。哈德逊生活在对过去的回忆和思念中，他人在英国，却在这片土地上找寻年少时故乡的踪影。他的小说《紫红之地》将情色场景、乌拉圭白人和有色人种之间的内战情节穿插在一起。《绿宅》是一部奇幻小说，小说的背景同样设定在南美地区。除此之外，他还著有《巴塔哥尼亚的闲散时光》《不列颠之鸟》《伦敦鸟》《拉普拉塔河的自然学家》《里士满公园的鹿》《牧人生活》和具有怀旧色彩的作品

《久远》。他的写作风格清新生动，约瑟夫·康拉德曾这样评价道："他写的东西仿若滋长的蔓草。"

罗伯特·邦廷·坎宁安·格雷厄姆（1852—1936）是哈德逊和康拉德的朋友，是一位作家、短篇小说家、激进的政治家、旅行家和探险家。他年轻的时候曾有一段时间是在恩特雷里奥斯省度过的。他当过赶牛人，为此还曾把农场搬到了巴西边境地区。他著有《莫格雷伯-埃尔-阿克萨》《拉普拉塔河》《征服时期的马》《一位巴西的神秘主义者》及其家族中拥有苏格兰贵族血统的先辈的传记。萧伯纳在其喜剧《布拉斯邦德上尉的皈依》的序言中对邦廷·格雷厄姆进行了生动鲜活的描述。

十九世纪诗歌

　　身为诗人、画家、版画家的威廉·布莱克（1757—1827）和威廉·朗格兰一样，是英国历史上著名的神秘主义者。从其所处的年代来看，他处于浪漫主义时期；然而从其精神实质来看，他与新柏拉图主义者、斯维登堡或者尼采同属一个时代。斯维登堡曾说过，人的救赎，既应体现在道德上，也应体现在智商上。布莱克对这一说法表示肯定，"傻瓜进不了天堂，不管他有多圣洁"。他还补充道，人的救赎还应该是美学上的，因为只有这样耶稣才能理解被救赎的人，并用寓言——也就是诗的语言——来教化他。跟宽恕相比，他更相信复仇的作用。其理由是，所有受到伤害的人都有复仇的欲望，一旦这一欲望没有得到满足，就会逐渐对他的灵魂造成伤害。由此可见，布莱克早于弗洛伊德提出未得到满足的欲望这一概念。半个世纪之后，罗斯金建议画家要细心地观察自然。但是，布莱克认为，细心观察大自然会摧毁或损害艺术家的想象力。他在他的作品中写道，感官之门（即人的五种感官）会遮挡真正的世界，如果我们可以封闭自己的感官，我们就将看到真正的世界，看到它的无限和永恒。巴勃罗·聂鲁达已将布莱克的作品《天堂与地狱的婚姻》翻译成了西班牙语。在这部作品中，他这样问道，划空而过的飞鸟难道不是一个被我们的感官所蒙蔽的美妙世界吗？他建立了一个自己的神话体系，神话里的神是罗斯和艾妮萨尔蒙，还有欧森和乌里兹。"邪恶"这个问题一直困扰着他。他在他最出名的一首诗中问道，创造了羊羔的上帝是用怎样的铁砧和锻炉锻造出在暗夜的森林中炯炯的两眼中燃烧着火的虎？在另一首诗中他又描述了"一个满是错综复杂的迷宫的地区"。还有一首诗中，一位女神用铁做的网和钻石做的陷阱捕猎"娇软的铁片少女和狂热的金之少女"，将其献给她的爱人。

一七八九年，布莱克发表了格律诗《天真之歌》，一七九四年又发表了《经验之歌》。此后他又创作了一系列的"预言书"，并通过这一系列的作品来建立了自己纷繁复杂的神话体系。这些"预言书"都是押韵的自由体诗歌，与后来沃尔特·惠特曼的诗歌风格遥相呼应。身为画家和版画家的威廉·布莱克，早在十八世纪就预先展现出印象派画家的某些特质。最后，布莱克是唱着歌离开人世的。

丁尼生和勃朗宁，这两位伟大的诗人主导了这个纷繁复杂且颇具争议的时代——所谓维多利亚时代，而且在今天的我们看来这个时代的风格是统一的。我们不可能想象得到比这两位诗人还性格迥异的两个人，也不可能想象得到比他们之间还稳固的友谊。

阿尔弗雷德·丁尼生（1809—1892）是一位新教牧师的儿子。他生在一个文学氛围浓厚的家庭里，父兄都是诗人，从小耳濡目染，受到文学的熏陶。他曾是剑桥大学圣三一学院的学生。他非常关注当时具有时代性标志的问题：《创世记》第一章与最新地理大发现两者的调和，进化论，民主的冲突及目标，人类的未来。但是，如同其他伟大的诗人一样，其作品根本在于诗句的音乐魅力。例如下面这一行精湛的诗句：

Far on the ringing plains of windy Troy[1]

　　显然这句诗的意境是无法用别的语言翻译出来的。他的诗歌不乏各种精彩绝伦的意象。海伦轻启朱唇，悠然举目，诗人不知自己是何时停止了言语；四射的艳光填满了声音的间歇。在另一首诗中，他描述道，一夜恣意狂欢之后，放纵的人们来到街上，凝视着天空。上帝早已用朝霞造了"一朵可怕的玫瑰"。丁尼生最重要的作品是长篇哲理挽歌《悼念集》。诗中描述了一个因爱人离世而悲痛欲绝的人的各种心情。一八五〇年，丁尼生接受了桂冠诗人的称号。维吉尔是他最崇拜的诗人。

　　和丁尼生截然不同，罗伯特·勃朗宁（1812—1889）所追求的是祖先撒克逊人式的粗犷的音乐，而非甜美的音乐。相比抽象的问题，他对个体的人更加感兴趣。他醉心于实践戏剧式独白，虚拟或现实中的人物（例如拿破仑三世和卡列班）相互展示自我，相互为对方辩解。勃朗宁的作品谜意盎

1　英文，远在多风的特洛伊那回音不断的平原上。

然。在他有生之年已经成立了一个专门致力于分析其作品的协会。勃朗宁经常参加协会的讨论会，他会祝贺每一个解读他诗歌的人，但不会发表任何评论。他在意大利居留多年，意大利的自由氛围令他着迷。诗歌《同时代人怎么看》的背景被设定在巴亚多利德，诗歌的主人公可以是塞万提斯，也可以是上帝派来的一位密探，或者是诗人心目中理想的典型人物。《卡西斯手札》中，一位阿拉伯医生提到了拉撒路的复活以及他对来世漠不关心的奇怪态度，诗中医生的口吻就仿佛他正在分析一个病人的案例一样。《我的前公爵夫人》中，主人公是一位意大利贵族，他的一言一行让我们果断地猜测他毒害了自己的夫人。勃朗宁最重要的作品是《指环与书》。十个不同人物分别详细讲述了同一桩谋杀案，这十个人物包括主人公、杀人犯、被害者、被害者的疑似情人、检察官、辩护律师和教皇。讲述的事件都是同样的，但是每一个主人公都相信他的行为是正义的。如果勃朗宁没有选择成为诗人，那他将会是一个伟大的小说家，丝毫不比康拉德或亨利·詹姆斯逊色。

爱德华·菲茨杰拉德（1809—1883）的名字并非家喻户

晓，但他仍然是一位伟大的诗人。他曾就读于剑桥大学。他过着低调闲适的生活，远离喧闹繁华，除了尽情地写诗和给朋友们写信之外，别无他事。他的创作天赋需要外部刺激，越是难翻译的东西，他反而发挥得越出色。他翻译过卡尔德隆和欧里庇得斯的戏剧，未在文学界引起多大的反响。一八五九年，他匿名发表了短篇译作奥马尔·海亚姆的《鲁拜集》，并因此声名鹊起。奥马尔·海亚姆是十一世纪波斯杰出的天文学家。除了有若干数学著作留世之外，他还留下了一百多首诗歌散作，这些诗歌都按 a a b a 的形式押韵。菲茨杰拉德将它们重新编排，整合在一起，连成一首诗歌，并采用不拘泥于原文的意译法将整首诗歌翻译成英文。在编排、整合原文的时候，他将描绘早晨、春天、美酒的段落放在整首诗歌的最前面，而将咏唱黑夜、绝望、死亡的段落放在诗歌的最后。

耶稣会教士杰拉德·曼利·霍普金斯（1844—1889）试图重新引入早期英国诗歌的韵律，韵律的变化以诗句的音节数为基础，大量使用复合词，并采用头韵法。其最有名的诗歌《德意志号的沉没》是这样开头的：

Thou mastering me God! giver of breath and bread[1]

没有哪一种译文可以将原文中粗犷的音律所展现出的张力原原本本地复刻出来。若干年后，斯蒂芬·斯彭德（1909—1995）和翻译过《老埃达》的著名诗人威斯坦·休·奥登（1907—1973）继承了霍普金斯所开创的这一诗风。

但丁·加布里埃尔·罗塞蒂（1828—1882）的父母是意大利人，因参与革命活动而流亡英国。而罗塞蒂生于伦敦，并且他的一生都几乎在此度过。他既是画家，也是诗人。一八四八年，他创立了前拉斐尔派，其基本理念是：拉斐尔并不代表绘画艺术的顶峰，而是代表着它的衰落。正是这一理念促使罗塞蒂研究和模仿文艺复兴时期之前的画风。当然这一理念的具体内容超出了这本书讨论的范围，所以我们仅点到为止。罗塞蒂于一八六〇年结婚。但两年后，妻子自杀身亡。妻子生前，他曾对妻子不忠，所以他认为自己对妻子的死负有责任。于是，仿佛是自我惩罚，他把一本书的手稿

---

1 英文，你主宰我吧，上帝！你是呼吸和面包的赐予者。

放到亡妻胸前，与亡妻一起葬入坟墓。八年后，这本书被移出墓地，重见天日，然而也正是这本书让罗塞蒂声名大噪。他生命的最后几年是在神经性心理疾病、失眠、安眠药的伴随下和有意识的自我封闭中度过的。

在罗塞蒂的所有作品中都可以嗅到一种温室的气息，飘散着一种病态的美。他最出名的诗歌《幸福的少女》讲述了天堂里的一位少女，将身体探出黄金栏杆，翘首企盼情人的到来，但她渐渐明白，她的等待是无止境的。与天堂相邻的是噩梦。此外，他还有两首同样出色的叙事诗：《伊登·鲍尔》和《特洛伊城》。十四行诗集《生命之宫》中，有一首诗是关于滑铁卢战场的。诗人想到成千上万的士兵在那战场上化为灰烬，不禁问自己，世界上是否还存在一片净土从未沾染过人类的鲜血。

罗塞蒂是不幸的，而他的密友威廉·莫里斯（1834—1896）则很可能是一个非常快乐的人，他总是不知疲倦、劲头十足。他被看作是英国社会主义的开创者。他曾是约翰·罗斯金的弟子，后来又成为了萧伯纳的老师。他革新了装饰、家具和活版印刷艺术。一八五八年，他发表了诗集《格尼薇儿的自辩及其他》，整部诗集充溢着一种朦胧的中世纪诗歌的味道。其中，有一首诗歌名为《两朵向月的红玫瑰》，还有一首名为《七塔的旋律》。九年之后，他的长篇史诗《伊阿宋的生与死》问世。史诗讲述了阿耳戈船英雄的事迹以及美狄亚的爱情故事。诗歌细腻而凄婉，有大量的环境描写。一八七〇年，他发表了巅峰之作《人世乐园》。与《坎特伯雷故事集》类似，《人世乐园》以一个主故事为框架，在此框架下展开其他的故事。十四世纪，为了逃避瘟疫，一群挪威人和英国人扬帆远航寻找能够让人长生不老的幸福岛。但是他们没有找到他们所憧憬的幸福岛。历经了无数次艰苦的海上航行，曾经年轻的人变得年迈，大失所望的他们最终还是在西方的一座岛屿靠了岸，那里的人仍然讲希腊语。上岸后，他们每个月都和城里的老人聚在一起互相讲故事。书中一共记录了二十四个故事，其中有十二个是古希腊罗马故事，另外的十二个则是斯堪的纳维亚故事、凯尔特故事或者阿拉伯故事。一八七一年，莫里斯第一次去冰岛，这几乎是一次朝圣之旅，因为对他来说冰岛是一块圣地。他有一个可能永远也无法实现的想法：使用纯日耳曼式英语。他这样翻译了《奥德赛》的开头：

> Tell me, o Muse of the Shifty, the man who wandered afar,
>
> After the Holy Burg, Troy-town, he had wasted with war.[1]

英文版的这一开头所投射出的故事背景不像是在地中海地区，反而像在北欧海域。

　　他还翻译了《埃涅阿斯纪》和《贝奥武甫》。苏格兰人文学家安德鲁·兰曾这样评论他翻译的《贝奥武甫》：与完成于八世纪的《贝奥武甫》原文相比，莫里斯在其译作中所运用的语言更加古老。除了以上提到的诸多作品外，在剩下的作品中，篇幅最长、故事构架最宏大的当属史诗《西古尔德》，其故事主题与《尼伯龙根之歌》完全一致。此外，他还出版了一部非常有价值的"传奇故事丛书"。虽然有些评论家批评

1　英文，告诉我，缪斯，那位骁勇善战之人的经历，／在攻破神圣的特洛伊城后，浪迹四方。

莫里斯的作品拖沓，情节性不强，但我们不能否认，他是一位伟大的诗人。

同莫里斯、罗塞蒂一样，情色诗人阿尔杰农·查尔斯·斯温伯恩（1837—1909）也是前拉斐尔派成员。斯温伯恩为英国诗歌增添全新的音乐元素。丁尼生的诗歌几乎是不可译的，而斯温伯恩则有过之而无不及。我们有必要提一下他的两首诗作：一首是《礼赞维纳斯》，主人公是汤豪泽，他丝毫不为自己的罪孽感到后悔；另一首则是他为悼念夏尔·波德莱尔而作的唯美挽歌。

十九世纪后期

　　苏格兰人罗伯特·路易斯·斯蒂文森（1850—1894）的一生是短暂而又勇敢的。他一辈子都在和结核病抗争，从爱丁堡到伦敦，从伦敦到法国南部，从法国到加利福尼亚，又从加州到太平洋上的小岛，一路走来，病魔如影随形，并最终夺去了他的生命。或许正因为病魔缠身，他才意识到时间的紧迫，尽其所能，为世人留下了若干杰出作品。他的作品字字珠玑，有不少传世之作。《新天方夜谭》是他的早期作品，提早向人们展示了一个梦幻般的伦敦。作品发表之初并未引起人们的关注，直到若干年后，对斯蒂文森敬仰有加的传记作家切斯特顿重新发现了这部作品，它才被世人熟知。著名中篇故事《自杀俱乐部》就是出自这部作品。一八八六年他出版了《化身博士》。值得注意的是，这部短篇小说过去常被人们当成侦探小说来读。当读者得知小说的两个主人公实际上是一个人的时候，想必都是异常惊讶的。故事中善恶人格转换的情节设定，其灵感源自作者斯蒂文森的一个梦。不管是在理论上还是实践上，他都非常注重文笔。他曾在他的书中这样说道，诗歌是以直接的方式满足一种期待，而散文则是以一种让人愉悦且始料未及的方式。他的散文和短篇小说都精彩绝伦。《灰尘和阴影》是其散文作品中的精品。短篇小说的代表作品，我们则选择了《马克海姆》，它讲述的是一个犯罪故事。他的长篇小说同样让人拍案叫绝，但这里我们仅介绍其中的三部代表作品：《宿醉》，以两兄弟间的仇恨为主题的《巴伦特雷的少爷》，以及未完成的《赫米斯顿的韦尔》。在他的诗歌中，文雅的英语和苏格兰地方语言完美地融为一体。跟吉卜林一样，创作儿童读物或许也让斯蒂文森在文坛的名声受到了一定影响。作品《金银岛》的大热，让人们忘记了他的散文家、小说家和诗人身份。斯蒂文森是英国文学史上最受人喜爱和最具英雄气概的人物之一。

奥斯卡·王尔德（1854—1900）控告昆斯伯里侯爵对其

进行诽谤，不理智地挑起了两人之间的纷争，在社会上引起轩然大波。但戏剧性的是，两者之间的纷争，一方面使王尔德名声大震，另一方面又抹黑了他笔下所营造的幸福和天真。王尔德引领了唯美主义的风潮，但他本人并未对唯美主义有过多执着的信仰。他谈笑风生，四处鼓吹"为艺术而艺术"的理论；但另一方面他又强调作品没有好坏之分，只有写得好和写得不好之分。其早期戏剧作品的缺点在于情感表达过剩，而他的最后一部剧作《认真的重要性》[1]（阿方索·雷耶斯译为《赛维罗的重要性》）则完全是一出精彩绝伦的闹剧式喜剧。王尔德巧舌如簧。他的朋友们评论说，他口头讲的故事常常比他写的故事更精彩，因为故事一旦付诸笔墨，就免不了被他加以珠宝、丝绸、贵重金属等各种华丽的装饰。关于他的诗歌作品，我们要提到《斯芬克司》和《妓女之家》，这两首诗都是铺陈夸饰性的作品。他唯一的一部长篇小说《道林·格雷的画像》处处暗藏讽刺，处处是极致的华丽。此外，他的代表作品还有让人怆然泪下的《里丁监狱之歌》，写于两

1　一译《不可儿戏》。

年的监狱生活之后。他的语言是机敏诙谐的，我们以下面的两句话为例：

> 某些人乃典型英国面孔，若是仅一面之缘，此后甚难再忆起。
>
> 噢，我亲爱的朋友，恐怕只有聋人才会不谨慎地选择您这领结。

鲁德亚德·吉卜林（1865—1936）既是诗人，又是小说家。他执着于向不关心世事的英国同胞证明并肯定幅员辽阔的大英帝国的存在。正因为如此，过去许多人，甚至现在仍然有人，忽视他在文学上的巨大成就，单从他的政治观点出发来评价他。吉卜林在孟买出生，在英国逝世。我们可以说，他跨越了地理的界限，走入了历史；跨越了空间，走入了时间。他在欧洲体会到了在亚洲未能感受到的东西，那就是厚重的往昔。吉卜林擅长讲述故事。他早期的小说简单朴实，短小精悍；晚期的小说错综复杂，让人痛彻心扉，丝毫不亚于亨利·詹姆斯的作品。但不管是早期还是晚期的小说都同样精彩纷呈。他的长篇小说《吉姆》让身为读者的我们感觉仿佛已经认识了整个印度，还和成千上万的当地人说过话。小说中的两个主人公，喇嘛和街头的野孩子，都得到了救赎，一个是通过冥思，另一个则是通过行动。小说中描绘的人物和场景细致清晰，栩栩如生，整部作品仿佛充满了魔力。吉卜林的诗歌因其通俗的特点被同时代的评论家略有贬低。因为当时的文坛注重诗歌的雕琢之美和忧郁气质，而吉卜林却带着充斥着低俗语言的《营房谣》赫然出现在这片文雅之声当中。是艾略特重新发现了其诗歌的价值。吉卜林对史诗题材情有独钟，从他晚期的诗作《丹麦女人的竖琴之歌》和《韦兰宝剑上的铭文》就可见一斑。

吉卜林的命运是矛盾的。他的作品被翻译成各种语言，卖出成千上万本，瑞典皇家学院授予他诺贝尔文学奖。但与此同时，他却接连遭受丧子之痛，不得不在位于伯沃什的家中忍受着孤独的煎熬。

赫伯特·乔治·威尔斯（1866—1946）的早期作品早在半个世纪前就预先向人们展示了今天我们称为"科幻小说"的创作，而且毫无疑问它们还超越了今天的"科幻小说"。威尔斯家境贫困，体弱多病。他将自己在生活中所体验到的痛楚凝结成不朽的杰作：《时间机器》《隐身人》《月球上的第一批人》《盲人国》《莫罗博士岛》。他还有几部长篇小说秉承了狄更斯的传统，其中包括《基普斯》《命运之轮》及讽刺小说《托诺·邦盖》。和萧伯纳一样，威尔斯也是费边社的成员。其作品《公开的阴谋》耐人寻味。在这本书中，他指出，当今世界被划分成若干不同的国家，不同的国家由不同的政府统治，这样的划分完全是武断的。拥有良好意愿的人们最终会相互了解并摈弃现今的国家组织形式。国家和政府将从这个世界上消失，但不会是因为革命，而是因为人们最终将明白国家和政府完全是人为的概念。威尔斯是国际笔会的创始人之一。该组织旨在促进世界各国作家间的友谊与合作。威尔斯晚年有意识地停止了科幻小说的创作，将工作重心转向了编撰具有启蒙性质的百科全书式作品。这让我们想起了跟威尔斯有类似经历的罗斯金，他也放弃了绚丽的文风，转向适合国民教育的平实文风。一九三四年，威尔斯发表《自传实验》，在书中他讲述了自己贫寒的出身、不幸的童年、受到的科学教育、两次婚姻经历及其丰富而躁动的情感世界。贝洛克出言攻击他，说他是英国乡下人；而他则反唇相讥："贝洛克先生，看起来您是在整个欧洲出生的。"阿纳托尔·法朗士将他视为"英语世界最睿智的人"。

著名的爱尔兰剧作家萧伯纳（1856—1950）直到三十六岁才开始他的戏剧创作生涯。在此之前，他当过音乐评论家、戏剧评论家。他批评过莎士比亚的戏剧，试图向英国文艺界展示易卜生和瓦格纳戏剧的独特魅力。其早期戏剧围绕租客、娼妓、医学、自由恋爱、战争的浪漫主义解读、徒劳的复仇等主题展开，而其晚期作品除了充满让读者感到轻松愉悦的幽默成分之外，还具有明显的奇幻色彩，有的场景甚至如救世主所行神迹一般不可思议。十九世纪人们或信仰基督教，或笃信物竞天择、适者生存，也就是说，笃信偶然之手的选择，但萧伯纳既不相信基督教，也不相信偶然，他宣扬的是布莱克、叔本华、塞缪尔·巴特勒式的生命崇拜。他在剧作《人与超人》中表明，天堂和地狱并不是两个地方，而是人类灵魂的两种状态。在作品《回到玛土撒拉》中，他又表示，人应该朝着活三百岁的目标生活，才不会在最不成熟的八十岁时，手拄拐杖，走到生命的终点。他还在书中指出，物质世界始于精神，也最终将回归精神。这一观点与中世纪的爱尔兰神学家约翰内斯·司各特·埃里金纳的观点是一致的。我们这个时代已经很少有作家在其作品中创造英雄人物形象了，但萧伯纳算是其中之一。例如，剧作《恺撒和克娄巴特拉》中的恺撒大帝，再如，他塑造的布拉斯庞德上尉以及巴巴拉少校。巴巴拉少校曾留下这样的豪言壮语："我舍弃了上天的馈赠。我希望当我离开尘世的时候，是上帝欠我的债，而不是我欠上帝。"

从萧伯纳给自己的剧作写的序言可以看出，他也是一位文笔清晰的杰出散文家，紧承十八世纪最优秀的古典主义传统。他的作品是我们这个时代最重要的作品之一。他独特的幽默感巧妙地中和了作品整体的严肃感。在作品中，他试图给笔下每一个人物的伦理和行为都找到相应的理由，所以迫害圣女贞德的宗教裁判也是按照他们自己的行为标准合理行事的。

一九二五年萧伯纳获得了诺贝尔文学奖，他接受了这一荣誉，却退还了奖金。他喜欢观察人们的生活。于是，三年后，他去了俄国。一九三一年，他又到了印度、非洲、中国以及美国。九十四岁时，年迈的他仍然不知疲倦，坚持参加劳动。他在自家花园砍树时不慎摔倒，摔断了骨头，几日后不幸逝世。

　　生于波兰的水手约瑟夫·特奥多尔·康拉德·科尔泽尼奥夫斯基（1857—1924），也就是文学史上声名远扬的约瑟夫·康拉德，是英国文学史上最优秀的小说家之一。和萧伯纳一样，康拉德也属于大器晚成的作家。一八九五年，他发表了第一部小说《阿尔马耶的蠢事》。在此之前，他已征服过世界上所有的海洋，无形中为后来的文学创作积累了许多素材。他很早就决定要做一名出色的作家。他很清楚母语波兰语的使用范围非常有限，而他能够很好地驾驭英语和法语，所以有好一段时间内他一直在犹豫是选择这两种语言中的哪一种来进行他的文学创作。最终他选择了英语，但是他的英语透出了法语散文所特有的细致及间或的华丽。一八九七年，他出版了《"水仙号"上的黑人》。三年后，他的代表作《吉姆老爷》问世，作品围绕对荣誉的追求和对曾经懦弱行为的羞愧这一中心主题展开。一九一三年，他发表了《机会》。他采取了一种新奇有趣的手法来构建故事：故事中的两个人认识了第三个人，并且逐渐重构第三个人的生活，而且有时候他们对第三个人生活的重构带有极大的不确定性。长篇小说《间谍》与康拉德其他的小说有很大的不同。其他小说的故事背景都是大海，而《间谍》则以独特生动的方式描写了一群伦敦的无政府主义者的活动。但作者在前言中坦承，他从未认识过哪怕一个无政府主义者。康拉德创作的最优秀的短篇小说有《黑暗之心》《青春》《决斗》以及《阴影线》。有评论家认为《阴影线》属于幻想文学的范畴。康拉德回应道，寻找奇幻的成分只能证明作家对自然不敏感，因为自然本身就一直是奇幻的。

阿瑟·柯南·道尔爵士（1859—1930）是文坛中的二流作家，但他为世人塑造了一个不朽的人物：夏洛克·福尔摩斯。这个近乎神话传奇式人物的前身是埃德加·爱伦·坡笔下的杜宾神探，但福尔摩斯比杜宾神探更具有生命力。他首次现身于一八八二年出版的《血字的研究》。这本小说的题目有可能原本出自奥斯卡·王尔德之手。后来福尔摩斯又陆续在《四签名》《巴斯克维尔庄园的猎犬》以及若干回忆录和冒险故事中出现。

二 十 世 纪

　　以百年为期限来划分时间完全是为了语言上的方便，所以读者会原谅我们没有过于严格地遵照一百年的时段划分来进行内容的编排。但是，我们相信在十九世纪开始其文学生涯并在二十世纪继续其文学创作的所有作家中，亨利·詹姆斯（1843—1916）的创作离我们这个时代最近，所以我们把他放在这一章的开头来介绍。亨利·詹姆斯生于纽约的一个富裕知识分子家庭。著名心理学家威廉·詹姆斯是他的哥哥。同时，他还是屠格涅夫、福楼拜、龚古尔兄弟、威尔斯和吉卜林的朋友。他游历欧洲，并最终在英国定居，在逝世前一年加入了英国国籍。

　　其早期作品的主题之一是描写在欧洲的美国人。他认为，在道德上美国人优于欧洲人，远没有欧洲人复杂。一八七七年，他出版了小说《美国人》。在作品的最后一章，主人公放弃了复仇，但并不是因为宽恕或怜悯之心，而是因为他觉得复仇这一行为将会成为他与伤害过他的人之间的又一个联系纽带。另一部小说《梅西所知道的》通过天真无邪的小女孩之口暗中展示了一个残忍的故事。小女孩从她的角度讲述了故事的历程，但其实她并不理解她所讲述的东西。詹姆斯有意将他的短篇小说表现得模棱两可。这类作品当中流传最广的是《螺丝在拧紧》，它至少有两种解读方式。关于这部作品的讨论已经数不胜数了，但是没人愿意相信詹姆斯在写这部作品的时候寻求各种解读方式却不认同其中任何一种。詹姆斯受到了威尔斯发表的《时间机器》的影响，创作了他的最后一部中篇小说《过去的意义》，只可惜他未能完成这部作品。作品讲述了一个美国年轻人的奇遇冒险。他借助孤独和冥想的力量回到了十八世纪，到最后他却发现，不管是在现在还是在过去，他都只是一个外乡人。这应该就是亨利·詹姆斯本人生活的真实写照，充溢着远离故乡的孤独。同时代的所有文人都对他推崇备至，尊他为大师，但是却无人拜读他的作品。在短篇小说《伟大的圣地》中，他把天堂描绘成一个豪华的疗养院。这无疑反映了作者身上某些典型的特质。他不相信上帝的馈赠，但是却完全有理由相信自己的作品是有分量的，出自他手的三十多卷作品都是精妙绝伦的。

吉尔伯特·基思·切斯特顿（1874—1936）不仅是布朗神父的塑造者，是能言善辩的天主教卫道者，同时他还是散文家、诗人、历史学家以及杰出的传记作家。他学过素描和绘画，还为朋友希莱尔·贝洛克的书画过插画。后来他又献身文学，但他的作品中仍有许多东西跟绘画脱不了干系。他笔下的各色人物如演员一般粉墨登场，他笔下的虚构景色栩栩如生，在我们的记忆中历久弥新。切斯特顿所生活的时代被人们称作"世纪之末"，颇带感伤色彩。在一首致爱德蒙·本特利的诗中，他写道："当我们还年轻的时候，这个世界却真的已经很老了。"最初，时代在他身上的烙印是非常明显的，后来是惠特曼和斯蒂文森将他从最初的低迷中解救了出来。然而，那个时代带来的某些负面的东西还是在他身上遗留了下来。他最出名的小说是《名叫"星期四"的男人》，其副标题就是《噩梦》。他本来可能会成为另一个爱伦·坡或卡夫卡，但所幸他最终还是更愿意成为切斯特顿。一九一一年，他发表了史诗作品《白马之歌》，作品讲述了阿尔弗雷德大帝与丹麦人之间的战争。"大理石像固体的月光，黄金似冷冻的火焰"，这一非同寻常的比喻正是出自这部作品。在另一首诗中他这样定义夜晚："（它是）比世界还大的云朵，是浑身上下都满是眼睛的怪物。"他的另一部作品《勒班陀之歌》也丝毫不逊色。在诗歌的最后一节，塞万提斯船长面露微笑，将宝剑收入鞘中，脑海中浮现的是一位在卡斯蒂利亚漫漫长路闯荡的骑士。切斯特顿最出名的作品当属布朗神父系列短篇小说。每一个故事都是一个离奇的案件，所有离奇案件最终都合情合理地得到了解决。十八世纪，人们常借悖论和机警的话语来批判宗教。但切斯特顿却反其道而行之，借助它们来捍卫宗教。他为基督教辩护的文章《回到正统》（一九〇八年）已被阿方索·雷耶斯翻译成了西班牙语。一九二二年，切斯特顿放弃了圣公会信仰，改信天主教。他进行过许多文艺批评研究，撰写了与圣方济各、圣托马斯、乔叟、布莱克、狄更斯、勃朗宁、斯蒂文森、萧伯纳等人相关的研究性文章。此外，他还著有一部题名为《永恒之人》的世界历史，这也是一部非常出色的作品。切斯特顿所著的作品总数超过一百部。在他的作品中，任意一个玩笑往往都隐藏着深层的智慧。切斯特顿是出了名的身宽体胖之人。据说他在一辆小巴士上给人让座，结果他的座位坐下了三位女士。切斯特顿是他那个时代最受欢迎的作家，也是文学史上最亲切的人物之一。

戴维·赫伯特·劳伦斯（1885—1930）的父亲是矿工，母亲是教师。小说《儿子与情人》（一九一三年）展现了劳伦斯对其童年生活的回忆。他当过孩童们的启蒙老师。直到他的第一部长篇小说《白孔雀》（一九一一年）出版，他才最终走上了专职作家的道路。一年后，他与弗丽达·维克利在意大利定居，两人于一九一四年结婚。同年，他发表了《普鲁士军官》，此后又陆续发表了《虹》《意大利的黄昏》《迷失的少女》《羽蛇》，并在游历了澳大利亚之后发表了作品《袋鼠》。其中《迷失的少女》还为他赢得过某个文学奖项。

和沃尔特·惠特曼以及所有非宗教人士一样，劳伦斯认为肉欲之爱也有其神圣一面。而三个版本的《查特莱夫人的情人》均想要表达这一观点，只是有时候采用的方式比较直白，而有时候则非常委婉细腻。一九二五年至一九二八年，劳伦斯潜心创作这部小说。这不一定是他最杰出的作品，但是，毫无疑问，这绝对是他最出名的作品。虽然肺结核最终断送了他的性命，但是无形中也提高了他对生活的敏锐度，同时也让人们理解他为什么会有那些极端的言论和立场。

也许他的批评者和捍卫者之间过于激烈的争论导致他的形象大打折扣。但如今那些激烈的争论已经偃旗息鼓，当我们重新审视劳伦斯时，不得不承认他确实是一位伟大的作家。

托马斯·爱德华·劳伦斯（1888—1935），也就是"阿拉伯的劳伦斯"，是一个传奇，一个史诗般的人物，也是长篇散文史诗《智慧七柱》（一九二六年）的作者。他曾就读于牛津大学，当过考古学家，第一次世界大战期间，还率领阿拉伯部落反抗土耳其当局的统治。他在其散文史诗中也提到了这次起义。这部长诗唯一的缺点就是诗人刻意采用文学选集式的架构来组织歌的某些内容。劳伦斯英勇顽强，同时又心思细腻敏感。他曾提起自己"为赢得的胜利而脸红不好意思"，也曾这样赞扬敌军的勇气，"虽然他们曾杀害过我的弟兄，但他们在这场战役中所展现出的勇气，第一次让我由衷地感到钦佩"。他认为，一九一八年盟军背叛了阿拉伯人。因此，他放弃了一切荣誉，甚至隐姓埋名。后来他化名"托马斯·爱德华·萧"加入英国空军。最后他因一场摩托车事故而离世。

他精通古希腊语，熟知古希腊文化。他于一九三二年发表了《奥德赛》的英文译本，他的这一版本是三十多个英文译本中翻译得最好的。

弗吉尼亚·吴尔夫（1882—1941）的父亲是文化名人莱斯利·斯蒂芬爵士。她自小在父亲的图书馆里阅读了大量书籍。从个人性格来看，她在本质上是一个富有诗意的人，但是她却选择了小说作为她的创作方向。她受到了亨利·詹姆斯和普鲁斯特的影响，在其小说中进行了各种新奇的实验。吴尔夫最出名的作品中的主人公奥兰多，不仅仅是一个个体的人，也是一个古老家族的典型代表。奥兰多活了三百岁。在他漫长的一生中，他甚至改变了性别。除此之外，吴尔夫著名的作品还有《夜与日》《雅各的房间》《达洛卫夫人》《到灯塔去》以及《海浪》。《弗拉西》讲述了一条狗眼中的布朗宁一家人的故事。在弗吉尼亚·吴尔夫的作品中，多变的情绪和细腻的景致比故事情节更为重要。她的文字风格既有视

觉感染力，又充满了音乐性。二战期间她投河自尽，终结了
自己的生命。

维多利亚·萨克韦尔-韦斯特（1892—1962）是弗吉尼
亚·吴尔夫的朋友，她出身于一个贵族家庭，恰恰就是吴尔
夫的小说《奥兰多》中的主人公奥兰多所代表的那个古老家
族。一九一三年，她与作家哈罗德·尼科尔森结婚。尼科尔
森时任英国驻波斯大使，并且他还为魏尔伦和斯温伯恩写过
传记。一九二七年，萨克韦尔-韦斯特发表了诗歌《大地》，
歌颂一年四季不同的景致和不同的劳作。除此之外，她创作
的咏农诗还有《花园》《果园和葡萄园》以及《某些花》。在
她的三十部作品中，最引人注目的是以下这三部小说：《爱
德华时期的人们》《黑岛》以及《耗尽的激情》。最后一部小
说的题目源于弥尔顿的《力士参孙》的最后一句诗。在这部
小说中，故事情节是以回溯的方式展现出来的。一位年迈的
寡妇回忆她辉煌的过去。她的亡夫曾是印度的总督。回忆到
最后，她感觉到过去已变成她生活的负累，于是她自觉自发
地走出了过去的阴影。和《爱德华时期的人们》一样，这部
作品用细腻、讽刺又富有诗意的语言，重现了二十世纪初英

国贵族阶层的情感和习俗。萨克韦尔-韦斯特还写过若干研究性论文。其中有一篇是研究英国历史上第一位女作家阿芙拉·贝恩的文章，这位女作家当过间谍，还写过一些放浪形骸的作品。此外还有研究巴罗克诗人安德鲁·马韦尔、圣女贞德和阿维拉的圣德肋撒的文章。

爱尔兰人詹姆斯·乔伊斯（1882—1941）无疑是二十世纪最出色的作家之一。在其代表作品《尤利西斯》中，他试图用复杂且无意义的对称结构体系来替代他所欠缺的统一性。这部小说一共有九百页，它描写的是一天内发生的事情。小说的每一章或对应某一种颜色，或对应人体的某一种机能，或对应某一个器官，或对应某一种修辞手法，或严格按照时间顺序对应某一个特定的时刻。例如，某一章中，主导这一章节的是红色、血液循环和夸张的修辞手法；另一章中，则变成了以教义问答形式出现的问题及其相应的回答；再一章中，为了体现主人公的疲惫，语言风格也相应地变得冗长无趣，处处是陈词滥调和一些经不起推敲的句子。乔伊斯的秘书斯图尔特·吉尔伯特还透露说，除此之外，《尤利西斯》的每一个情节都与《奥德赛》中的某一卷存在着对应关系。书中有一章描写了布鲁姆在都柏林的一家妓院里产生的幻觉。这一章中处处都是人与魂灵或者物体的对话。《芬尼根的苏醒》是比《尤利西斯》更难解读的作品。这部作品的题目本可以翻译成《芬尼根的守灵夜》，但后者显然无法像《芬尼根的苏醒》那样体现出结束、重复和苏醒这三个概念。如果说《尤利西斯》是清醒之书，那《芬尼根的苏醒》就是梦境之书。作品的主人公是都柏林的一个酒馆老板。他生于都柏林，身体里同时流淌着凯尔特人、斯堪的纳维亚人、撒克逊人和诺曼底人的血液。在睡梦中，他化身为他的每一位先辈，又化身为世界上的每一个人。小说所涉及的词汇，除了介词和冠词外，还有合成词。这些合成词源自五花八门的语言，甚至包括冰岛语和梵语。经过若干年的努力，两名美国学生出版了一本名为《破解芬尼根的苏醒》的著作。结果这本书居然成了解读《芬尼根的苏醒》的必读书籍。

不可否认，乔伊斯天赋异禀，但他的天赋仅仅体现在语言上。遗憾的是，他几乎将其语言天赋全部倾注在小说上，极少用它来创作优美的诗歌。乔伊斯的作品几乎都是不可译的，譬如以上我们提到的两部作品。但其中也有例外，例如短篇故事集《都柏林人》和其出色的自传性长篇小说《一个青年艺术家的画像》。

一战期间，他颠沛流离，辗转于巴黎、苏黎世和的里雅斯特。用他自己的话来说，他的创作历程伴着流亡，带着思念。最后他在苏黎世去世。去世之时，他已双目失明，穷困潦倒，身心疲惫。弗吉尼亚·吴尔夫曾这样评论道，《尤利西斯》虽败犹荣。

艾略特曾说，威廉·巴特勒·叶芝（1865—1939）是我们这个时代的第一位诗人。他的作品被分为两个阶段。第一阶段对应的是以《凯尔特曙光》为代表的作品。这一时期的作品富有音乐感，风格甜美，喜用爱尔兰古代神话，诗歌意象迷离，充满了朦胧美。毋庸置疑，这一时期，诗人受到了前拉斐尔学派的极大影响。第二阶段是诗人的创作成熟期，此时的作品风格与第一阶段截然不同。神话的因素依然存在，但是它不再是装饰或怀旧的手段，而是负载着意义。此外，它还与生动具体的当代意象交织在一起。诗句所追求的不再是朦胧的意境，而是准确性。叶芝认为集体的记忆是存在的，它是由所有个体的记忆汇聚在一起所组成的，而通过某些特定的象征符号可以唤起这一集体的记忆，同时也可以通过冥想和通灵获得它。和许多人一样，叶芝也认为历史是循环的。据诗人自己坦言，这是一位阿拉伯旅行者的魂灵向他揭示的理念。叶芝的戏剧作品具有反现实的特点，因为作者受到了日本戏剧表现手法的影响，有意为之。在他作品的某个场景中，勇士的宝剑落向敌人的盾牌。叶芝表明，此时武器根本不必两相触碰，一声锣响就可以表示想象中武器的交碰。

我们随意选取几句叶芝的诗，就可以体会其美感和深度。一群衣着华丽的妇人顺着楼梯缓缓而下。有人问道上帝为什么创造了她们，得到的回答是："为了亵渎和深夜的情人。"

他比较著名的作品有《心灵的欲望之田》《国王的门槛》《苇间风》《七重林中》《宁静的月色中》《塔》《回梯》《俄狄浦斯王》《自传》。一九二三年，他获得了诺贝尔文学奖。

罗伯特·格雷夫斯（1895—1985）首先是诗人，其次还是一位言辞犀利的批评家、历史小说家、希腊语和波斯语的翻译家以及神话的挖掘者和创造者。他的作品《白色女神》引人入胜。他挖掘并重塑了白色女神的神话，认为全世界的诗歌传统都源于对这位原始女神的崇拜。

查尔斯·兰布里奇·摩根（1894—1958）出生于肯特郡，父亲是工程师。一战之初，他被德国人俘虏。德国人按其最初所承诺的那样将他在荷兰囚禁了四年。后来，他把他所认识的荷兰写进了小说《泉水》中。摩根的作品有两个基本主题，一是从精神层面剖析人的情感，二是爱与责任的冲突。他最重要的三部小说是《镜中的肖像》《泉水》和《火花四溅》。《镜中的肖像》讲述的是一个青年画家的故事。一直到完全理解他的爱人，明白他和爱人无法再会之时，他才最终完成了爱人的肖像画。《泉水》讲述和分析了两男一女之间的爱恨纠葛。《火花四溅》是所有作品中最复杂的一部，讲述了一位作家对完美的热切渴望及其最终的孤独。摩根的作品情节性不强，因为作家想要忠实于优美的意象和跌宕起伏的情感。

和亨利·詹姆斯一样，托马斯·斯特恩斯·艾略特（1888—1964）也出生于美国。他在英国文坛和世界文坛的地位类似于保罗·瓦莱里。最初他曾是埃兹拉·庞德的一位出色的弟子。庞德特立独行，而艾略特规矩谨慎。一九二二年，他出版了他的第一部举世闻名的作品《荒原》。二十年后他又发表了精彩绝伦的诗集《四个四重奏》。其中的某些诗作中，诗歌语言的最小单位不再是词（因为词是所有人通用的），而是其他诗人的诗句，而且有时候这些诗句还不是英文的。例如，在一首诗中，诗人从澳洲民间歌谣与魏尔伦的诗歌中各自选取一句穿插起来，一连若干行均是如此安排。在当代诗人中，拉法埃尔·奥布里加多在其诗作《这个时代的乡间别墅》的开篇也采用了同样的创作手法，借此渲染忧伤的气氛，而艾略特则是以此方式来体现强烈的对比。艾略特的戏剧属于实验戏剧，观众很难记住其戏剧中的具体人物。莎士比亚曾用无韵体诗歌来创作他的戏剧，而艾略特也试图在我们这个时代找到与之相般配的诗歌形式。在《家庭聚会》中，诗人采用合唱的方式来表现剧中人物未用言语表达出来的感受，这是对合唱这一表现形式的创新。艾略特的文学评论措辞严谨，总的来说，倾向于抬高新古典主义，贬低浪漫主义，其中包括了分别以但丁、弥尔顿、塞内加对伊丽莎白时期戏剧创作的影响为主题的研究性文章。

一九三三年，艾略特加入英国国籍。一九四八年获得诺贝尔文学奖。他的作品千锤百炼，所以成稿之前的无数草稿也同样令人难忘，而且这些草稿有时也是非常精彩的作品，承载着思念和孤独。有时他的作品中也会出现拉丁式的简洁风格。他在他的某首诗中写道，鹿"生来就注定要成为猎枪下的亡魂"。他还在自己的作品中写道，宗教上他是圣公会教徒，文学上他是古典主义文人，政治上他是君主制的拥护者。

爱德华·摩根·福斯特（1879—1970）作品繁多，但在此我们仅介绍他最杰出的两部作品：《印度之行》（一九二四年）以及他死后出版的小说集《生命来临》（一九七二年）。《印度之行》的基本主题是以非常感性的方式来理解东西方的异同。《生命来临》由十四个长故事组成，创作耗时半个世纪。其中值得一提的是中篇故事《恩培多克勒旅舍》，故事最神奇的地方是故事中的人物变成了人物自己的祖先。

简明参考书目

吉尔伯特·基思·切斯特顿《文学中的维多利亚时代》。

保罗·哈维爵士《牛津英国文学史》。

查尔斯·威廉·肯尼迪《早期英国诗歌》。

威廉·帕顿·克尔《英国中世纪文学史》。

安德鲁·兰《英国文学史》。

埃米尔·勒格斯、路易斯·卡扎缅《英国文学史》。

乔治·圣伯里《英国文学简史》。

乔治·桑普森《剑桥简明英国文学史》。

JORGE LUIS BORGES
MARÍA ESTHER VÁZQUEZ
Introducción a la literatura inglesa

Copyright © 1995, María Kodama
Copyright © 1965, María Esther Vázquez
Copyright © 1997, Emecé Editores SA (ahora Grupo Editorial Planeta SAIC)
All rights reserved

图字：09-2010-605号

图书在版编目（CIP）数据

英国文学入门 /（阿根廷）豪尔赫·路易斯·博尔赫斯,（阿根廷）玛丽亚·埃丝特·巴斯克斯著；温晓静译.—上海：上海译文出版社，2019.10
（博尔赫斯全集）
ISBN 978-7-5327-8210-9

I.①英… II.①豪… ②玛… ③温… III.①英国文学－文学研究 IV.①I561.06

中国版本图书馆CIP数据核字（2019）第219915号

英国文学入门 Introducción a la literatura inglesa	豪尔赫·路易斯·博尔赫斯 玛丽亚·埃丝特·巴斯克斯　著 温晓静　译	出版统筹　赵武平 责任编辑　缪伶超 装帧设计　陆智昌

上海译文出版社有限公司出版、发行
网址：www.yiwen.com.cn
200001 上海福建中路193号
上海信老印刷厂印刷

开本850×1168　1/32　印张3.5　插页2　字数40,000
2020年7月第1版　2020年7月第1次印刷

ISBN 978-7-5327-8210-9/I·5039
定价：52.00元